KB080191

저공
비행

'불꽃남자'
이완수 형을
기억하며

목차

서문

서양에서는 젊음과 자유의 상징으로 여러 영화 속에 등장하는 바이크지만 한국에서는 일탈과 반항, 위험의 이미지가 도드라져 주변 이들로부터 따가운 눈총을 받게 되는 일이 많습니다. 바이크를 타는 이라면 흔히 듣게 되는 '그렇게 위험한 걸 왜 타느냐?'는 질문에 대한 보다 속 깊은 답을 구하고 싶었습니다. 십수 년 이상 바이크를 타며 주행 마일리지를 오래 쌓아온 선배들이라면 그와 같은 질문에 속 시원히 답해줄 거라고 생각했습니다. 만남이 거듭될수록 인터뷰에 응해주신 분들의 성의 있는 답변을 더 많은 사람들과 나누고 싶다는 생각을 하게 되었습니다. 사고 없이 안전하게 바이크와 오랜 우정을 쌓아갈 수 있었던 비결을 공유하고 그들이 바이크 위에서 보낸 아름다운 추억의 순간을 모아 사람들에게 소개함으로써 라이더를 향한 오해와 편견을 바로잡는 데 보탬이 되고 싶었습니다.

있던 잡지들도 하나둘씩 없어지는 판에 웬 종이잡지냐며 친구들은 묻습니다. 책보다 재미있는 게 너무도 많아진 세상이라 종이책이 사람들의 외면을 받는 것도 이해 못 할 바는 아니지만, 그럼에도 종이잡지만이 가능한 온도와 밀도의 콘텐츠가 있다고 생각합니다. 독립잡지라는 타이틀을 달고 펴내기로 한 이상 이왕이면 기성 잡지들이 해오던 방식과는 정반대 방향으로 가보고 싶었습니다. 그리하여 광고가 없고, 사진보다 글씨가 많고, 독자보다 필자인 제가 더 궁금했던 질문에 집중한 책이 나왔습니다. 평소 저와 비슷한 궁금증으로 목말라했던 이들에게 조금이나마 갈증을 달래줄 수 있는 책이었으면 좋겠습니다.

보다 참신한 구성의 바이크 시승기부터 일본어 번역기사, 여행 칼럼 및 에세이에 이르기까지 바이크를 주제로 새롭고 다양한 읽을거리를 만들고자 했으나, 홀로 기획부터 취재, 편집의 전 과정을 아우르다 보니 처음 목표는 미처 이루지 못했습니다. 좀 더 다양한 필자의 글을 소개하기 위한 섭외를 진행 중인 만큼 올 하반기 출간을 목표로 하는 저공비행 2호를 더욱 기대해주시기 바랍니다.

바이크는 물론 위험하고 불안한 탈것이지만, 그것만이 전부는 아니라는 걸 말하고 싶었습니다. 그를 통해서만이 만날 수 있는 멋진 세계가 분명 존재한다는 것이 독자의 마음까지 닿기를 바랍니다.

독립 모터사이클 잡지 《저공비행》
편집인 정충익 올림

이성태

마흔으로 넘어가는 사춘기에 처음 할리를 만났다.
로드킹과 다이나 에보를 탔고 더 먼 길을 달리고자
BMW R1200GS에 올랐다. 국내유일 모터사이클 전문
해외여행사의 대표로서, 세계일주를 꿈꾸는 이들과
함께 전 세계를 달리는 중이다.

자기소개 부탁드립니다.

이성태입니다. 62년생이니까 우리나이로는 56세, 만으로는 54세(웃음).
지금은 여행사를 하고 있고, 취미였던 바이크가 이제는 직업이 되었습니다. BMW R1200GS, 스즈키 V-STROM650, 혼다 SUPERCUB를 타고
있습니다.

**바이크 전문 세계 여행사라는 생소한 길을 개척해가고 계시는데
시작하게 된 계기가 궁금합니다.**

여행업 한 지는 오래됐죠, 89년도부터 했으니까. 대학을 마친 89년은 세
계여행 자유화되면서 여행업이 엄청나게 커져가던 때였어요. 입사하고
주로 해외여행 상품기획 쪽 일을 했지요. 지금이야 유명하지만 푸켓이
라든지 부산 경남에선 엄청 히트 친 홍콩 시네마 천국 같은 상품을 만들
어서 여행사에 소개해주는 일이었습니다. 365일 중 300일은 해외에 있
었던 것 같아요. 그러다 독립해서 직접 여행사를 운영하게 되었죠.

2001년도부터 우연히 바이크를 타기 시작했어요. 할리데이비슨을
타고 전국을 돌아다니다 해외까지 투어를 다녔어요. 그런데 알프스를
갔더니 유럽에는 전문적인 바이크 여행사가 있는 거예요. 그때 인솔자
가 마크스라는 이름의 청년이었는데 대학원도 졸업한 아주 인텔리이면
서도 바이크에 미쳐서 결혼도 안하고 바이크 투어 인솔자로 생활을 하
는 거예요. 그때 뭔가 느낌이 오더라고요. 이거다!(웃음) 정식으로 바이
크 전문 여행사의 간판을 단 지는 이제 3년째입니다. 원정 기록은 한 50
회 될 거예요. 아마 대한민국에서 제일 많지 않을까 싶어요.

바이크는 어떻게 타게 되셨나요?

전에 가수 김광석이 콘서트장에서 그랬다던데, 마흔 살 되면 오토바이
하나 사고 싶다고. 실제로 30대에서 40대가 되어 보면 기분이 굉장히
이상해요. 40에서 50 넘어가는 건 별로 안 이상한데 앞자리가 3에서 4

로 바뀔 때 굉장히 복잡 미묘하더라고. 제2의 사춘기가 온다는 말처럼 어릴 때 생각하는 나의 40대의 모습이란 게 있는데, 전 또 일찍 자수성 가를 하겠다고 직장도 그만두고 독립했지만 마흔 되고 보니까 돈도 없고 아무것도 없는 거야.(웃음) 그렇게 마음이 좀 적적하던 시절에 바이크를 만났어요.

사모님께서는 반대 안하셨던가요?

상당히 오랫동안 몰래 탔어요. 5년 정도?(웃음) 지하주차장에 놔두고 멀쩡하게 내려와서 옷 싹 갈아입고. 그러다 고지서 때문에 걸려서 이혼하니 어쩌니 난리가 났었죠. 그러다 한동안은 아내도 바이크에 빠져서 같이 타던 시절도 있었어요. 7~8년 전엔 심각하게 못 타게 하길래 다 팔아버린 적도 있어요. 근데 이제 내가 사람이 아니게 된 거지. 멍해져서 폐인처럼 지냈어요. 밥맛도 없고 바이크의 우당탕탕 소리 들리면 창문 밖으로 뛰어나가서 보고. 결국 아내가 포기하고 다시 타라고 했어요.(웃음)

비슷한 처지에 놓여있는 가장들에게 조언을 해주신다면?

아내한테 잘해야 합니다. 주말엔 나가야 하니까 월요일부터 금요일까진 정말 충성을 다해야 부인도 좋지 않겠어요? 남편이 설거지도 다 해주고 노력하는 게 보이잖아요. 그 정성이 보여야 오토바이 타는 게 마음에 안들어도 참아지는 것 같아요.

오토바이의 무엇이 그렇게 좋던가요?

제가 «WHY BE RIDER?» 라는 제목으로 강연도 하고, 우리는 왜 오토바이를 타는가에 대해서 옛날부터 아주 깊게 생각하고 했는데 이게 인문학적으로 접근하면 그렇대요. 누구나 날고 싶어 하는 욕망이 다 있는데 사람이 날 순 없잖아요. 근데 이 바이크의 조향 포지션이 새가 나는 위치하고 비슷한 거예요. 내가 오른쪽으로 가기 위해서는 무게중심을 무너뜨려야 해요. 바퀴가 돌아가는 원리가 하늘을 나는 원리하고 똑같은 거죠. 결국 바이크를 타는 기분이 꼭 내가 날고 있는 것 같은 느낌, 즉 자유롭다는 감정과 가장 비슷하기 때문에 특별한 게 아닐까 싶어요.

그간 거쳐온 오토바이에 대한 감상이 궁금합니다.
첫 바이크가 **할리데이비슨 SPORTSTER 883** 100주년 모델이었어요. 2002년. 그때는 오토바이를 잘 모르기도 했고, 커스텀 한다고 시행착오를 많이 겪었어요. 지금 타면 더 재밌게 탈 수 있을 텐데 그땐 변덕이 심해서 오래 못 탔죠. 스포스터는 말 타고 있는 것처럼 엉덩이가 들썩들썩하던 게 기억이 나네요.

할리 ROADKING은 한 2년 탔는데, 그때는 제가 직장인 밴드 하던 때였어요. 뒤에 베이스 싣고 진짜 온갖 폼은 다 잡으면서(웃음) 주위의 시선도 제일 많이 받을 때고, 그걸 즐겼던 것 같아요. 근데 계속 타보니까 정작 타는 재미는 없었어요. 스쿠터 같고 데이스타 탈 때 하고 비슷하더군요. 너무 부드럽다는 느낌? 그래서 요즘 중고시장에도 없어서 못 사는 **DYNA EVO**[1]를 탔어요. 어느 미군이 제가 아는 센터에 매물로 내놓고 간 거예요. 덥석 물었죠. 진짜 미치겠더라고! 그때 전 불법 개조, 좋게 말해 커스텀에 미쳤을 때라 차대 자르고 난리도 아니었어요(웃음). 엔진 고동감도 대단했고 정말 좋았는데. 지금도 그리워요.

할리 탈 때 전국투어 진짜 많이 다녔어요. "전주에서 오늘 밤 막걸리 번개! 1박 2일!"이러면 전국에서 다 모였어요. 숙소 하나 정해놓고 밤새도록 술 먹고 놀다가 헤어졌죠. 지금 생각하면 웃기도 않지만 웃통 다 벗고 완전 마초같이 돌아다니고(폭소)! 그때는 그런 멋이 있었던 게 할리 자체가 드물 때니까 호응이 굉장히 좋았던 거 같아요. 거제도 같은 데 가면 지나가던 사람들이 줄 서서 박수 쳐주고 그랬어요.

1 구형 에보 엔진을 장착한 구형 할리데이비슨 다이나 시리즈

저공비행

이후 본격적으로 BMW로 건너오셔서 더 멀리 투어를 다니셨군요?

BMW 800GS, 1200R, 1200GS, 650GS SERTAO 이렇게 탔는데 650GS 쎌따오가 제일 맘에 들었어요. 앞바퀴도 21인치라 임도도 갈 수 있고. 당시 모델이 시동이 한 번씩 안 걸리는 치명적인 단점 때문에 오래 못 탔는데, 단기통 감성도 그렇고 아소산 올라갈 때 3단으로 투투투투 올라가는 그 느낌은 잊을 수 없어요.

R1200GS는 너무 잘 만들어진 바이크인데 지금 드는 생각은 나한테 맞지 않았던 옷이었어요. 아까도 얘기했지만 RPM이 4~5천만 돼도 100km를 훌쩍 넘어버리니 우리 같은 좁은 땅덩어리에서는 이게 과한 것 같더라고요. 게다가 까치발이고.(웃음) 탔을 때 까치발 여부가 생각보다 엄청 중요해요. 전에 오사카에서 한번 타이어가 찢어진 적 있는데 수리 공구가 비규격이라 정식 딜러가 아니면 수리가 안 되는 문제점도 있었어요. 지금 타는 **스즈키 VSTROM650**은 딱 내 몸에 맞는 옷 같은 느낌이에요. 시속 80에서 100km 달리기가 제일 좋더군요. 미들급이 우리나라 도로 실정에는 딱 맞는 것 같아요.

오토바이 위에서 가장 행복했던 순간은 언제인가요?

항상 행복한데 가장 최근이라면 미국 루트 66 횡단하던 때였어요. 날씨도 적당하니 바람 선선하고, 습도 낮고, 풍광이 너무 좋았었는데, 내려서 사진으로 찍고 싶지만 그러면 감흥이 다 달아날까 봐 그러진 못했어요. 가끔씩 삼박자가 맞아떨어질 때가 있어요. 경치가 아무리 좋아도 몸이 피곤하면 안 보이거든요. 컨디션, 날씨, 경치 이 세 개가 딱 삼위일체가 될 때, "지금 죽어도 호상이다!(폭소)"

다녀오신 여행지를 간단히 소개해주실 수 있나요?

일본은 라이더의 입장으로서만 보면 신이 준 선물 같아요. 화산과 온천 덕분에 멋진 경치와 즐거운 라이딩, 휴식, 그리고 교통질서까지 좋아서 여행 가기 즐거워요. 특히 길 위에서 내가 보호받는다는 느낌을 받는 게 제일 좋았어요. 홋카이도 최북단을 갔을 때 70대 할머니가 커브 타고 전국 일주를 하길래 우리가 호위해가지고 한 시간 넘게 같이 달린 적 있어요(웃음). 커브같이 작은 오토바이를 타고도 거기까지 달릴 수 있는 건 일단 안전하기 때문이죠. 가장 추천하는 코스라면 역시 규슈. 그중에서도 아소 스카이라인, 야마나미 하이웨이를 추천하고 싶습니다.

대만에는 전 세계 경치가 다 있어요. 대륙판이 태평양판하고 부딪치면서 올라간 곳이라 3,000m가 넘는 산이 200개 가까이 되는데 면적은 경상남북도만 해요. 그 사잇길이 진짜 멋져요. 제가 만든 코스는 5박 6일 코스인데 주로 빅스쿠터를 빌려서 타요. 가다 보면 하와이도 나오고, 괌도 나오고, 알프스도 나오고 다 나와요. 바이크 인구 자체도 우리보다 훨씬 많고, 바이크 전용도로가 있는 나라라서 여행하기도 편하죠.

태국은 매년 1월마다 가고 있는데 매홍손 루프가 너무 안 알려져서 속상해요. 유럽에서는 엄청나게 많이 와요. 커브가 2천 몇 백 개 있는 길인데 이때 가면 좋은 이유가 태국은 1월이 제일 날씨가 좋거든요. 비도 한 방울 안 오고 20~25도 사이의 쾌적한 날씨예요. 6박 7일 정도로 떠나면 길도 재밌고, 유명 관광지가 아니다 보니 현지 사람들하고 매일 만날 수 있고 비용적으로도 큰 부담 없어서 정말 좋은 코스입니다.

캐나다는 많은 분들이 알다시피 대자연, 한번 보면 미칠 수밖에 없어요. 로키산맥을 거쳐서 9박 10일 정도 달리는데 한국과는 거리가 멀다 보니 바이크를 직접 가져가기보다는 렌트를 해서 탑니다. BMW, 할리, 브이스톰, 다 렌트 가능해요.

시베리아 같은 경우는 길이 너무 피곤하고 너무 똑바른 길이여서 힘들다고도 하던데 나는 매년 가고 싶어요. 그곳은 풍경만 본다고 생각하면 지겹고 지루한 길이지만 거기에 얽힌 역사와 사연을 생각하며 달리면 감회가 특별해요. 이 길이 왜 생겼을까, 차가 다니기 전까지는 걷거나 말을 타고 다녔을 텐데… 누군가는 먹고살려고, 희망을 찾아서 동쪽으로 동쪽으로 떠났을 것이고. 굳이 북반구 강제 이주 같은 아픈 역사까지 떠올리지 않더라도 상상력을 보태며 달리다 보면 어딘가에서 몽고족의 함성이 들리는 것만 같아서(웃음), 저는 참 각별한 애착이 있어요.

미국인들에게 '어머니의 길'로 통하는 옛 시골길 루트66 역시 같은 맥락에서 저에게 특별한 곳이에요. 일리노이 시카고부터 캘리포니아 산타모니카까지 미국 최초 대륙횡단 고속도로이기도 했고 경제 불황 때 미국 사람들이 먹고살려고 서부로 이주한 역사가 담긴 길이죠. 그 삶의 흔적들, 라스베이거스에서 가이드가 말하길 처음에는 전부 걸어서 이곳으로 왔다는데 그러면서 얼마나 많이 죽었겠어. 그 마을들이 다 그렇게 해서 만들어졌다고 생각하면 참… 그들의 개척정신은 정말 인정해줘야 될 것 같아요.

모든 길들이 사실은 그럴 거예요. 누군가 처음 지나갔을 때는 길 자체가 없었지만, 조금씩 사람들이 다니다 보니 길이 생기는 거잖아요. 다 이유가 있는 거죠. 이 길이 그때 왜 났을까, 그런 생각을 하며 여행을 하면 참 재밌고 새롭습니다.

참 많은 곳을 다녀오셨지만, 앞으로 가보고 싶은 곳이 있으신가요?
쿠바를 가보려 해요. 치안이 불안한 남미의 다른 나라보다는 안전하다고 해서 가보려고요. 그리고 아프리카를 꼭 한번 가보고 싶은데 하도 위험하다고 해서 생각만 하고 있어요. 그런데 위험하다는 소리는 루트 66에 갈 때도 그랬고, 시베리아도 그랬어요. 아마 아프리카도 마찬가지 아닐까라는 생각도 하는데 길만 있다면 어디든지 다 가보고 싶어요.

바이크 투어 전문 인솔자의 삶에 대해 좀 더 듣고 싶습니다. 무엇보다 여행을 위해 처음 만난 일행들을 통솔하고, 갈등을 조정하고, 특히 안전까지 고려를 해야 하니 여러모로 고충이 많으실 것 같은데 어떠신가요?

이성태   15

대부분 여행 와서 처음 만난 사람들이라 그게 가장 힘든 일이죠. 인솔자로서 일행의 안전뿐만 아니라 컨디션, 감정, 내부 갈등까지 살펴야 하기 때문에. 알고 보면 굉장히 사소한 데서 갈등이 생겨요. 저만 해도 제 경상도 말이 세다 보니까 불필요한 오해를 산 적 많아요. 그래도 그런 고충은 일부에 지나지 않고 이 일이 좋다고 느끼는 게 똑같은 지역을 가더라도 누구하고 가는지 혹은 날씨, 풍경, 계절 따라 다 다르잖아요? 그래서 같은 지역을 가도 지겹지가 않아요. 일본도 수없이 갔지만은 갈 때마다 달라요. 같이 투어 오신 분들이 저와 좋은 추억을 함께하고 또 평생의 은인처럼 대접해주시는 걸 보면 고맙고 그게 저의 보람인 것 같아요.

바이크를 타시면서 가장 위험했던 순간은 언제인가요?

수십 년을 탔으니 주변에 다친 사람도 있고, 저만해도 트럭 밑에도 들어가 보고 이랬죠. 바이크는 타는 내내 집중을 해야 하기 때문에 잡념이 안 생겨서 좋은 건데 이게 계속 타다 보면 슬슬 잡념 같은 게 떠올라요. 그날이 그랬어요. 쓸데없이 이 생각 저 생각 하다가 90도로 돌아가는 커브에서 속도를 못 낮추고 아차 싶어 들어가는데, 덤프트럭이 오더라고요. 앞바퀴가 트럭 밑으로 들어가는 것까지는 기억나는데… 다행히 찰과상 하나 없이 탈출을 했어요. 몸은 안 다쳤지만 트라우마가 오래갔죠. 몇년 걸렸어요, 극복하기까지. 사고라는 건 상대든 나든 한쪽이 약속을 안 지켜서 일어나는 것이기 때문에 구력이 쌓여도, 아니 오히려 구력이 쌓일수록 늘 긴장하는 게 중요한 것 같아요.

'그렇게 위험한 걸 뭐하러 타느냐?'는 주변의 우려에는 어떻게 대처하시나요?

사고가 나서 병원에 누워있다 보니까 바이크 타는 사람들은 별 걱정 안하는데 바이크 안 타는 친구들이 문병 와서 너 혼자 재밌겠다고 주위 사람들 힘들게 하지 말라고 정색하며 말하더군요. 그들을 보면 어릴 때 바

이크와 관련된 트라우마를 하나씩 갖고 있는 경우가 많아요. 사실 모든 취미생활, 낚시, 골프, 스쿠버, 다 위험이 있거든요. 바이크가 특별히 더 많은 위험에 노출되어 있다고는 생각하지 않아요. 단지 어떻게 이 취미를 즐길 것인가에 대한 자기 선택인 거죠. 스피드를 즐기겠다면 트랙에서 즐기면 되는 거고, 자유 또는 여유로움을 느끼고 싶다면 그쪽을 택하면 돼요.

제 주위에는 진짜 부부가 함께 타는 사람들이 많아졌어요. 60살 넘어서 타신 분들도 저보고 전부 고맙다 그래요. 내 인생을 이렇게 다시 활기차고 보람을 느끼게 해줘서 너무 고맙다고. 바이크를 좀 더 빨리 접하지 못한 게 한스러울 정도라고요. 정말 타지 않는 사람 입장에서 보면 미친 짓인 것 같고 하지만은 한번 접해본 분들은 누구든 미치죠.(웃음)

가까운 친지나 친구에게도 오토바이를 권장하시는 편인가요?
그럼요. 우리 동생도 타고 있어요. 본인은 바이크를 타면서 가족은 말리는 사람은 보면 주로 자기가 위험하게 타는 경우가 많아요. 자신이 약속을 잘 안 지키기 때문에 남도 잘 안 지킬 거라 생각하는 거죠.

이성태

한국 바이크 문화에 대해 어떻게 생각하시는지 궁금합니다.

흔히들 이야기하는 바이크 브랜드끼리 파벌싸움이라든지 일반인과 라이더 사이의 오해, 갈등, 폼만 앞세우는 문화, 이런 것들이 저는 성숙해지는 데 있어 어쩔 수 없이 겪어야 할 과정에 있는 거라 생각해요. 다른 나라도 똑같았을 거예요. 거기도 특정 브랜드에 과도한 우월감이나 자부심을 가진 사람 분명 있었을 거고 돈도 엄청 썼을 거예요. 우리가 아직은 바이크 문화가 오래되지 않았고, 부의 상징이 돼버려서 만나기만 하면 옵션이 얼마고, 바이크는 2천만 원, 붙인 게 5천만 원···(웃음) 모든 대화가 이러잖아요. 어쨌든 이런 사람 저런 사람들이 들어왔다 나가면서 바이크 인구가 점점 늘어나다 보면 과시적 용도보다도 실용적인 목적으로 바이크를 타는 이들도 늘어날 거예요. 단지 시간이 필요한 문제다, 그렇게 생각하고 있어요.

앞으로 타보고 싶은 바이크가 있다면?

혼다 아프리카 트윈. 유럽에서 만난 인솔자 모두 아프리카 트윈 타고 나타났는데 하나같이 '원더풀! 원더풀!' 이러는 거예요.(웃음) 만약 아프리카 트윈을 구입한다면 R1200GS와 V-STROM650 두 대를 모두 대체할 수 있을 것 같아요.

바이크를 통해 이루고 싶은 꿈이 있으신가요?

업계 선구자로서 저 나름대로의 사명감이 있다고 한다면 앞으로 이 바이크 투어 전문 가이드라는 직업이 젊은 친구들도 얼마든지 진로로 꿈꿀 수 있을 밑거름이 될 수 있다면 보람될 것 같아요. 외국 가서 보면 그쪽 친구들은 굉장히 대접받고 페이도 세고 자부심도 높아요. 처음 제가 가는 발걸음이 후배들한테는 길이 되잖아요. 이때 자칫 다른 길로 잘못 가버리면 지금 우리나라 여행사들 그렇듯이 가격 경쟁만 하게 되고 그럼 결국 다 같이 망하는 거예요. 어쩌면 누군가에게 평생에 한 번일 수 있는 여행인 만큼 자부심과 책임감을 갖고 상품을 만들고 인솔하면서도 그에 합당한 처우를 받을 수 있게끔 노력하겠다는 것이 제 다짐입니다.

나에게 바이크란 무엇일까요?

음… 뭐라 표현하기가 어렵네요. 내 인생의 반이니까.(웃음) 조금 더 일찍 바이크를 만났다면 인생이 또 얼마나 달라졌을까하는 아쉬움도 있지만 바이크를 타는 자체가 저를 굉장히 좋은 사람으로 만들어줬어요. 훨씬 순수해졌다고 해야 할까. 자연을 만나고 사람을 만나고, 뭔가 이만큼 열렬히 좋아할 대상이 제 인생에 있다는 게 큰 행운이라고 생각합니다.

덴구고원(天狗高原)까지 이어진 시코쿠 카르스트 지형은 스케일만으로 사람을 압도한다.

저공비행

위: 사쿠라지마(桜島)는 오토바이를 타고 달려야만 만날 수 있는 숨은 절경이 많다.
아래: 일본 최북단 소야곶(宗谷岬)을 찾을 때면 언제나 뭉클한 기분이 된다.

미국 애리조나 페트리피드 포레스트 국립공원을 지나던 무렵으로 기억한다.
좀 더 나은 삶을 꿈꾸며 서쪽으로 향했을 옛 미국인들을 생각하며 달렸다.

저공비행

바이크로 알프스 산맥을 오를 때면 언제나 카메라의 전원을 꺼버린다.
그 아름다운 경치는 결코 사진에 담을 수 없다. 오직 가슴에 새길 뿐.

누군가 말했다, 여행은 눈 뜨고 꾸는 꿈이라고.
바이크 덕분에 원 없이 꿈꾸는 인생을 살고 있다.
아직도 가보고 싶은 곳이 너무 많다.

이원규

오토바이 타는 시인이다. 탄광촌 꼬마시절 어머니
도와서 마대자루 나르며 오토바이를 배웠다. 지난
35년간 우리 산하 곳곳을 100만 킬로 이상 달렸다.
지리산에 살며 야생화, 별 사진을 찍고 있다.

저공비행

자기소개 간단히 부탁드리겠습니다.

이름은 이원규, 직업은 시인이고 나이는 62년생입니다. 야생화와 별 사진을 찍는 사진가이기도 하고, 순천대 문예창작과에서 학생들을 가르치고 있어요. 젊어서는 서울에서 기자를 했고 지리산 와서는 지리산 행복학교라는 어른들을 위한 문화예술 대안학교 일을 계속하고 있죠. 오토바이는 혼다 아프리카 트윈 96년식, BMW R1200GS를 갖고 있고 전주 모터라드에서 시승차로 빌려준 S1000XR을 종종 타고 있습니다.

**파리 다카르 랠리[1]를 주름잡았다던 혼다 구형 아프리카 트윈을
실제로는 처음 봤습니다. 꽤 귀한 모델인데 이십 년도 넘은 차가
잘 굴러가는가요?**

짱짱하고 아주 매력 있어요. 저게 저한테 온 지 6년 됐나? 일반 도로는 1200GS가 잘 달려도 산에서는 얘가 더 재밌죠. 앞 휠이 21인치라서 좀 무겁긴 해도 험로도 바위도 툭툭 희한하게 넘어가는 게 만만치가 않아요. 어디 부딪혀도 깨질 것도 없고 캬뷰레터[2]방식이라 고장 날 데도 없고, 유지비도 거의 안 들면서 부품도 아직 생산되고 있고, 공도에서 가방 떼면 뭐 160까지는 충분히 나오니 답답할 일도 없고, 저게 오토바이 싼 것 중엔 최고예요. GS가 3,000만 원 정도 하는데 아프리카 트윈이 성능으로는 2,000만 원 값한다고 봐요. 오토바이 하나 장만할 거면 저걸 꼭 타요.(웃음)

---

1 인간이 자동차로 할 수 있는 가장 극한의 레이스경기 중 하나. 1978년부터 시작했으며, 대강 프랑스 파리에서 세네갈의 수도인 다카르까지 장거리 코스를 베이스로 열리는 연례 종단 랠리를 뜻한다. 거의 대부분의 코스가 오프로드이며 해마다 사망자가 속출할 만큼 난이도가 높은 레이스다.
2 내연기관에서 액체 연료를 기화시킨 뒤, 흡입한 공기와 섞어서 연료를 품은 폭발성 있는 공기를 만들어 내는 장치. 주로 과거의 자동차 및 모터사이클에서 사용되었으며 환경규제로 인해 최근에는 대부분 전자식 인젝션으로 바뀌는 중이다.

처음 오토바이를 타게 되신 계기가 궁금합니다.

어릴 때 탄광촌에 살았는데 옛날에는 그 석탄 돌덩어리를 광산에서 캐서 올라오면 큼직한 탄은 걸러서 팔려나가고 나머진 다 버렸어요. 근데 버린 것 중에도 탄이 조금씩 붙어있는 게 있어서 동네 사람들이 산더미처럼 쌓여있는 더미를 뒤져 골라오곤 했어요. 연탄은 비싸고 나무는 귀한 시절이라 그걸 집에서 때기도 하고 모아서 팔기도 했죠. 한 자루에 3천 원쯤 되는데, 40kg 정도 되는 걸 짊어지고 십 리를 걸어와야 했어요. 나는 그걸 등에 지고 오시는 어머니를 돕겠다고 형님 오토바이를 탔어요. 아침 일찍 어머니가 다 골라서 마대자루 묶어놓으면 차에 싣고 날랐죠. 옛날엔 다 비포장이잖아요. 난 처음부터 오프로드를 배운 거야. (웃음) 처음엔 한 자루밖에 못 했는데 점점 80kg까지 나르게 됐어요.

그 어린 나이에 오토바이가 있으셨으면 별의별 추억담도 많았을 것 같습니다.

친구들 사이에선 영웅이었죠. 일 끝나면 타고 월악산도 가고, 비록 가난했지만 오토바이는 항상 탔던 것 같아요. 시절도 시절이었고 또 시골이라 봐준 것도 있었지만 집에서 20km를 가야 아스팔트 도로가 나오는 산골이었기 때문에 산길에서 시속 한 50km로 타다가 처박아도 크게 다칠 일이 없기도 했어요. 타다가 물론 논에도 몇 번 들어가고 했지만(웃음) 큰 탈 없이 잘 탔습니다.

원규님의 바이크 히스토리가 궁금합니다.

우리 고향이 수석이 유명했어요. 돌. 문경 마성면 하내리라고 옆에 흐르는 강에서 우리나라 최고 석질인 돌이 나와요. 망치로 때리면 망치가 팡 튕기는 엄청 강한 돌인데 그중 서너 개를 평생 간직하려고 보관해놓은 게 있었어요. 너무 잘생겨서 누가 팔래도 안 팔고 있었는데 우리 형님 친구가 그걸 수석 장사에게 보여줬더니 환장을 한 거야. 절대 안 팔다 했는데 이분이 내 약점을 알더라고.(웃음) 그때 효성에서 새로 나온 **AX100**이라는 100cc 오토바이가 있었는데 그 신차를 트럭에 싣고 와서 마당에 딱 내려놓고는 수석하고 바꾸자는 거예요. 그 오토바이가 한 100만 원 했을 텐데 그 두배를 줘도 안 판다던 것을 빤짝빤짝한 신차를 마당에 딱 내놓으니 가슴이 벌렁벌렁해서 도저히 외면할 수가 없는 거죠.(웃음) 그래서 평생 처음으로 신차를 타게 됐어요. 아끼고 닦고, 비 한 방울 안 맞히고 타고 다녔어요. 그걸로 대구까지 학교에 타고 다녔고.

이후로 **효성 EXIV, 혼다 STEED 600** 등등 탔다가 서울 생활 할 적엔 오토바이를 못 탔고, 지리산 오면서 다시 타기 시작했죠. 대림에서 **Daystar**라고 신형이 나와서 듬직해 보여서 샀는데 이것도 2만 킬로 지나니까 소기어 축이 뚝 부러져.(웃음) 웬만하면 국산을 타려 했는데 안 되겠다 싶었어요. 그리고 다른 기종으로 몇 개 더 타다가 **할리데이비슨**으로 올라왔죠. 91년식 Ultra classic. 머플러 소리가 기가 막혔는데 한 6만 킬로 타면서 중간에 엔진을 세 번 갈았어요. 할리 구형 엔진이 구조는 단순한데 진동 때문에 볼트가 다 풀리고, 그놈의 잡소리 때문에 달릴 때 항상 덜덜거리고, 가다 멈춰서 하루 이상 길바닥에 쪼그려 앉아 고치고 그런 걸 몇 번 겪고 나니 울화통 터지죠. 내 고철 덩어리 이거 다시는 타나 봐라…(웃음) 지금은 많이 나아졌다고 들었지만 할리는 자가 정비를 할 줄 아는 사람이 타면 더 좋을 것 같아요.

그다음이 20만 킬로를 달린 **BMW K1200LT**를 탔어요. 장거리를 좀 편하게 가보겠다고 샀는데 참 명차였어요. ABS도 있고 생긴 게 좀 골드윙 같고 둔하다 뿐이지 속도도 200km도 거뜬하게 나오고, 기름 넣으면 400km 넘게 달릴 수 있거든요. 뒤에 누구 태웠을 때도 안정감이 있어 좋았고. 다만 LT로는 임도를 못 가니까 세컨으로 오프로드용 **스즈키 DR400**을 탔습니다. 강원도도 다니고 여기저기 많이 다녔어요. 그렇게 LT로 20만 넘긴 다음에 팔고 나서 **BMW R1200RT**를 탔어요. LT보다 디자인도 훨씬 신사답고 날렵해서 재밌게 탔는데 중간에 어딜 가다

저공비행

가 쌍방 과실 사고가 난 거예요. 그래서 보험처리 하던 중에 **R1200GS**가 전부 수랭엔진으로 바뀌면서 공랭엔진 마지막 모델이 나온다는 얘기를 듣고 그래, 생애 한 번은 신차를 타 보자고 해서 박스를 내렸죠. 그 이후로 **혼다 아프리카 트윈**을 데려오면서 스즈키 DR400은 방출했고 어디 멀리 갈 때는 GS를, 산에서는 아프리카 트윈을 타고 있습니다.

오토바이의 무엇이 그렇게 좋았습니까?

그동안 여기저기에다가 말해왔는데 바이크는 말(馬)이고, 라이더는 우리 시대 마지막 기마족이죠. 오토바이를 타면 자연과 하나라는 걸 늘 인식하게 됩니다. 자동차는 바깥과 단절돼 있는데 우리는 바람이 불면 바람을 맞고, 비가 내리면 비를 맞아야 하죠. 농부와 어부가 매일 아침저녁으로 하늘을 보고 그날의 비바람을 생각하듯이 매일의 바깥공기와 날씨를 몸으로 접하고 계속 생각하다 보면 기상을 읽는 감각이 점점 예민해지는데 저는 그게 훨씬 더 시인답다고 생각하고 있어요. 오토바이를 타다 보면 자연히 자연을 더 잘 읽게 됩니다. 안 그랬다가는 쫄딱 비 맞으니까.(웃음)

요즘은 오토바이를 타고 어떤 즐거움에 몰두하고 계시는지요?

요즘 야생화, 별 사진을 찍고 하니까 현장에 최대한 접근해야 하는 탓에 차로는 갈 수 없는 오지까지 바이크를 타고 가는 일이 많아요. 캄캄한 밤이나 새벽에 주로 사진을 찍다 보니 포인트 앞에서 하룻밤 자는 게 최선이라 최대한 단출한 장비로 캠핑하고 있습니다.

오토바이 위에서 가장 행복했던 순간은 언제인가요?

국내에서만 100만 킬로를 넘게 탔으니 이 나라 방방곡곡 안 가본 데가 없어요. 우리나라 모든 시골 마을들 죽기 전에 다 가보는 게 꿈이었는데 대충은 이룬 것 같습니다. 웬만한 동네 가서 당산나무 보면 이제 대부분

익숙하더라고요. 지금노 바이크 탈 때면 늘 좋은데, 제일 힘든 게 이제는 안 타면 몸살이 나요.(웃음) 전에 현대상선 배를 타고 광양에서 유럽까지 29일 다녀왔는데 가는 내내 오토바이를 못 타니까 정말 미치겠고 얼마나 고통스럽던지.(웃음) 유럽에 딱 도착하니까 골목마다 오토바이가 천지에 깔려있는데 얼마나 부러웠는지 몰라요. 안 탈 때 고통스럽지 탈 땐 다 좋습니다.

그간 겪으셨던 아찔했던 사고의 경험을 통해 배운
자신만의 노하우가 있을까요?

바이크를 탄 기간에 비해서는 큰 사고는 거의 없었죠. 어릴 때부터 오래 탔기도 했지만 전 늘 일상으로 타기 때문에 주말에만 타는 사람들처럼 좀체 흥분할 일이 없다는 게 차이가 아닐까 싶네요. 주말 라이더들은 타고 나오면 많이들 흥분하죠. 어릴 때 동네 형들이랑 불장난하는 듯한 묘한 심리상태가 돼서 짜릿한 해방감에 휩쓸려 막 쏘다 보니까 꼭 자기 능력 이상으로 달리는 걸 자주 봤어요. 내가 저 코너를 130으로 돌아갈 수 있더라도 80으로 가는 게 잘 타는 건데, 꼭 격하게 타는 사람 하나가 앞장서서 코너 들어갔다가 뭐라도 튀어나오면 놀래서 뒤에 전부 다 엉키고 그러다 사고가 나죠. 늘 자제하면서 흥분을 가라앉히고 타는 게 가장 중요한 것 같아요.

한국에서 오토바이 타며 느끼는 가장 큰 불편은 어떤 게 있을까요?

사람들의 배타적인 시선이죠. 아버지나 누가 사고 나 죽거나 이런 게 집 안마다 한두 개씩 있어요. 그럴 수밖에 없는 게 오토바이가 우리나라 처음 들어올 때 안전교육, 라이딩 스쿨 이런 거 하나도 없이 전부 다 동네 형한테 배웠죠. 오토바이라는 게 125cc 가지고도 아스팔트 위에서는 충분히 큰 사고가 날 수 있는 물건인데 돌팔이한테 배웠으니 사고 나고 다치고 하는 게 어찌 보면 당연한 거죠. 다행히 지금은 이미지가 많이 나아져서 라이딩 인구도 점점 늘어나고, 주 5일제가 시행되면서 오토바이도 꽤 매력적인 취미 중 하나로 인정받고 있긴 하지만, 타는 사람들부터가 늘 더 안전하게 타기 위해 노력해야 그런 인식이 바뀔 수 있을 거라고 생각해요.

'그렇게 위험한 걸 왜 타느냐?'는 주변의 만류에는
어떻게 대응하십니까?

한 십 년 전까지만 해도 타지 마라, 타지 마라고 그러더니, 지금 이제 삼십 년째 타니까 어른들도 오토바이 잘 있냐 안부를 물어요.(웃음) 근데 세상에 안 위험한 게 있나? 연애하면 여자가 제일 위험한 동물이고 여자한테는 남자가 제일 위험하고, 그래도 연애하잖아요.(웃음) 결국 집중력이에요. 위험하니까 더 집중해야 하고 그래서 늘 깨어있을 수 있는 거고. 늘 위험을 피해 가다 보면 뭘 할 수가 없죠. 피하다 똥차에 치어 죽는다고, 이건 이래서 안 되고 저건 저래서 안 되면 인생에서 아무것도 못 해보는 거죠.

평소 오토바이를 타고 자주 찾으시는 코스가 궁금합니다.
지리산 인근에는 어느 길이 가볼 만한가요?

망덕 포구에서 우리 집 쪽으로 올라오는 한적한 강을 따라 있는 861번 지방도를 추천하고 싶어요. 요 길을 쭉 따라가면 구례 지나 지리산 성삼재를 넘어서 실상사, 달궁, 뱀사골까지 가는데 남해바다부터 섬진강 구례 평야, 해발 1100고지 지리산까지, 90km밖에 안 되는 거리 안에 산, 강, 바다가 다 있어요. 왕복해도 200km도 안 되는데 해발 제로에서 시작해 산중 천년고찰도 있고, 계곡에 발도 담글 수 있고, 구례 내려오면 넓은 들판까지 있어서 참 아름다운 코스죠. 우리나라의 모든 풍경을 다 갖춘 코스라 생각합니다.

일본에는 '투어링 맵플'이라는 유명한 지도책이 있어서 바이크 여행자들의 바이블로 손꼽히고 있는데요, 한국의 투어링 맵플을 만든다면 추천해주고 싶으신 코스가 따로 있으신지요?

사람들이 바이크 투어 가면 주로 경치나 먹거리를 찾아서 가는데, 그것도 좋지만 때로는 목표를 나무 한 그루로 해도 좋은 것 같아요. 예를 들어 충북 영동의 천태산 영국사에 천 년 넘은 은행나무가 있어요. 은행이 예쁜 때를 골라 천태산까지 가는 길을 한번 짜보는 거죠. 갈 때는 거창을 지났다가 올 때는 무주를 돌아서 나오는 코스로 짜 놓고, 나무 앞에 가서 한참 앉았다가 그냥 오는 거야.

시간이 더 허락한다면, 꽃 필 때는 강 따라 올라가고 단풍 때는 발원지부터 쭉 내려오는 것도 좋아요. 전에 낙동강 따라 걸어보니까 사람이 하루 평균 걷는 20km가 꽃들의 개화 속도하고 똑같아요. 단풍도 강원도에서 10월 10일쯤 시작하면, 하루하루 걸어와서 부산 금정산에 닿으니 여기도 똑같이 절정이더라고. 바이크는 걷는 것보다 빠르니 지그재그로 다니면 돼요.(웃음) 여기서 꽃이 피면 옆길로 잠시 샜다가 또 한 라인 올라가고, 그렇게 20일 정도 올라가면 강원도까지 가는 내내 꽃을 볼 수 있어요. 그렇게 대한민국 곳곳을 꽃의 속도로 살펴보는 것, 그런 게 좀 더 여행자다운 라이딩이 아닌가 생각합니다.

추천하는 샵이나 정비사님이 있으신가요?

전주 'BMW 모토라드'를 12년째 다니면서 김정규 대표랑 오랜 친분을 유지하고 있습니다. 보증수리나 정기점검은 주로 이곳을 찾지만 오래된 차들은 순천에 '전남오토바이'에서 일하는 정영균 씨라고, 기름밥 먹은 지 40년 넘은 오토바이 박사가 있어요. 구형 할리, 초창기 BMW부터 안 뜯어본 게 없고 베어링, 브라켓, 비규격 공구 같은 것도 다 깎아서 만들어버리는 선수예요. 늘 연구를 하는 사람이고 정비사를 넘어 발명가에 가까운 분이죠. 딜러들한테 가면 매뉴얼 상 주로 수리가 아니라 교체를 해버리는데 여기 가면 같이 고민해주고 고쳐서 쓸 방법을 찾아줍니다.

높은 데시벨의 머플러 튜닝에 대해서는 어떻게 생각하십니까?

저도 한창 머플러 튜닝해서 타던 시절이 있는데 그거 전부 자기 착각이에요. 막 사람들이 멋있다고 봐주는 것 같지만 사실은 욕하는 거야.(웃음) 사람들은 머플러 안 봐요. 오토바이 전체를 보고 그 사람의 자세, 매너 이런 걸 보지. 소리 꽝꽝 울리고 그런 거는 큰 의미 없다고 생각해요.

한국의 바이크 문화에 대해서는 어떻게 생각하십니까?

자기 스타일로 좋아하는 차를 자기 능력에 맞게 즐기는 사람이 제일 멋있는 건데 많이 나아졌다고는 해도 아직은 옵션 전쟁이죠.(웃음) 그게 사실 숍들이 조장하는 측면도 분명 있고 동호인 문화도 그쪽으로 흘러가는 경향이 있어서 누구를 탓할 수는 없겠지만, 구형은 구형 나름의 매력이 있는데도 부끄럽다고 느끼게 만드는 그런 문화는 옳지 않죠.

앞으로 타보고 싶은 바이크가 있으십니까?

혼다 아프리카 트윈 신형이 나온다니 실물을 한번 봐야 되겠고, 그게 어쩌면 제 생애 마지막 바이크가 되지 않을까 싶네요. 그리고는 250cc 정도의 오프로드 바이크를 하나 들여서 숲길 얄랑거리며 살짝 흔적 남을 정도로만 돌아다니는 것. 그 정도가 마지막 꿈일 것 같습니다.

바이크를 타고 꼭 한번 가보고 싶은 곳이 있습니까?

만약 경의선 열차가 연결된다면 화물로 바이크를 보내서 유라시아를 한 번 가고 싶긴 한데, 뭐 그렇다고 배에 실어서까지 러시아를 가서 횡단하는 건 큰 의미가 있겠나 싶고요. 우리나라를 그토록 많이 돌아다녔지만, 가볼수록 못 가 본 데가 더 많은 것 같아요. 분명히 왔던 길 같은데도 또 다른 데가 나오는 걸 보면 아직도 갈 곳이 많이 남아있어서 다 돌아보고 싶습니다.

곁가지 질문입니다만, 지리산에 들어오신 지 어언 수십 년이 되셨는데요, 낙향 선배로서 도시생활에 지쳐 낙향을 꿈꾸는 이들에게 해주실 조언이 있을까요?

낙향해서 지리산을 오든, 어디 시골로 가든, 처음에는 다들 마음을 내려놓는다면서도 헛꿈들을 많이 꿔요. 처음 올 때 이미 땅 사서 집 지을 생각부터 하죠. 시골에 전원주택 해서 영화처럼 살아보겠다는 그런 꿈은 애초에 깨는 게 좋아요. 소박하게 살고, 더 검소하게 살고, 내 시간을 좀 더 갖는 것, 이걸 행복의 최대가치라고 생각하고 내려와야 하는데, 집부터 멋있게 짓고 정원 가꾸고 바비큐 파티에 외양만 번지르르 영화처럼 살다가 금세 적응 못 하고 올라가는 걸 숱하게 봤어요. 많이 내려놔야 돼요. 안 그러면 못 견뎌. 외롭고, 잊힐 것 같고, 실패한 것 같고, 그런 걸 못 견딘다고. 그걸 내려놓고 나면 도리어 좋은 관계가 맺어지는데 말이죠. 전 체질적으로 시골 출신이고 서울은 때려죽여도 못 살겠기에 내려왔지만, 여기 살면서도 나 스스로 좋아하고 또 즐기는 게 있으니 안 쫓겨요. 애마가 있고, 사진 찍으러 가고, 나와 있는 시간이 많고, 그렇게 늘 마음이 편안하고 만족스러운 상태니 누굴 만나도 좋은 기분으로 만날 수 있고, 누구랑 술 한잔 먹어도 언제나 유쾌한 거겠죠.

마지막 질문입니다. 나에게 오토바이란 무엇인가요?

바이크는 비록 물건이지만 한편으로는 내 정신이고 영혼인 것 같아요. 옛날에 우리 어머님들이 오래 만진 떡방아, 재봉틀, 이런 데 영혼이 깃든다는 얘기 많이들 하잖아요. 바이크도 마찬가지로 기계 덩어리지만 나를 싣고 엔진이 세차게 돌면서 앞으로 나아가는 걸 보면 마치 내 몸의 일부처럼 느껴질 때가 있어요. 잠시 쉴 때도 어디 아프진 않나 곰곰이 살피고 점검하게 되고, 어디 멀리 출발할 때 전 애한테 말을 걸어요. '야, 가자, 강원도까지 오늘 한번 또 신나게 한번 가자!' 이렇게 같이 호흡하며 달리다 보면 일심동체가 되는 거고. 그 옛날 말 타던 사람도 그러지 않았을까요. 그런 마음이 들다 보면 애마의 새로운 연식의 차가 나와도 막 버리고 싶진 않죠. 단지 안타까울 뿐.(웃음)

저공비행

전북 장수군의 어느 마을 논 한가운데 정정히 어깨를 펼친 아름드리
느티나무 노거수가 있어 반가운 마음에 한 컷 함께 찍었습니다.

이원규

해발 1100m 지리산 형제봉 활공장에 꽃창포가 핀 날이었어요.
물레나물, 박새, 노루오줌 꽃들과는 내년에 다시 만나자 약속했죠.

장재혁

고3 겨울 아르바이트한 돈을 모아 바이크를 샀다.
오토바이를 타거나, 고치거나, 생각하며 지내왔다.
SRAD, CBR1000RR, K1200R 등 쟁쟁한 라인업을
두루 거쳤다. 두카티 코리아의 정비과장으로서
구형 748을 애지중지하며 타고 있다.

저공비행

먼저 자기소개를 부탁드립니다.

제 이름은 장재혁이고요. 현재 나이는 서른다섯. 지금은 두카티 코리아 정비과장으로 있습니다. 지금 타고 있는 바이크는 두카티 슈퍼바이크 중에서도 클래식 반열에 있는 748 모델을 타고 있고, 와이프는 두카티 스트리트파이터 848을 타고 있죠.

처음 오토바이를 타시게 된 계기가 궁금합니다.

학창시절에는 모터사이클에 관심도 없었고 탈 줄도 몰랐어요. 그러다 고등학교 3학년 겨울에 아르바이트 끝나고 집에 가는 데 길가에 세워진 바이크가 한 대 눈에 띄었어요. 한눈에 봐도 앞 휠도 찌그러져 있고 눈이 많이 온 날이라 커버에 눈도 좀 쌓여 있었는데 그 바이크가 너무 예뻐 보이고 갖고 싶더라고요. 그게 효성 GF125라는 네이키드 모델이었어요. 얼마냐고 물어보니 수리해서 75만 원에 가져가라고 하더라고요. 그때 아르바이트 월급을 받기 전이라 계약금을 걸고 보름 뒤에 사 왔습니다. 집으로 오는 내내 눈이 너무 많이 와서 두발 내리고 집까지 5km 정도 탔던 게 기억이 나요.

생각보다 우연한 계기네요.

당시만 해도 바이크를 업으로 할 줄은 상상도 못 했죠. 그때가 어른이 되기 바로 전이었고, 차를 사기에는 돈이 없었고, 그래도 어디든 내가 가고 싶은 데로 떠나고 싶었는데 그때 모터사이클이 저한테 잘 맞았던 것 같아요. 모터사이클만 타면 어디든 갈 수 있다고 생각했어요.

그동안 어떤 바이크들을 타오셨는지 궁금합니다. 추억 속 바이크 각각에 대한 소회를 좀 들려주세요.

첫 바이크가 효성 GF125. 처음이라 마냥 좋았어요. 그때는 바이크 별 특성도 몰랐고 출력도 중요하지 않았어요. 저한테는 그냥 너무나도 잘 나가는 바이크였고, 가장 친한 친구도 마침 바이크를 사서 둘이서 밑도 끝도 없이 전국을 여행 다녔어요.

그동안 제가 탄 바이크를 다 나열하라고 하면 너무 많아요. 굵직한 것만 추리면 **효성 미라쥬125, 혼다 CB400, 가와사키 ZRX400**까지 타고 나서 군대를 갔죠. 그때만 해도 관리가 잘된 수입차 이런 게 드물어서 잔고장도 많고 오일도 새고, 툭하면 차 뻗고 그랬어요. 그래도 달릴 수 있다는 것만으로도 충분했던 시절이라 스트레스를 받거나 그러진 않았던 것 같아요. 고쳐서 타고, 알바 한 돈 죄다 거기다 쏟고, 또 타고, 여행 다니고. 그래서 군대 가기 전까지의 바이크들이 어땠냐고 물으시면 저는 객관적으로 말할 수가 없어요. 그때는 정말 지금 마음과는 다르게 바이크를 탈 수 있다는 자체가 너무 소중했어요. 단점 같은 게 생각이 나질 않아요. 그만큼 젊었고, 바이크를 사랑했고, 그랬기 때문에 지금은 그 마음이 참 그립기도 해요. 그냥 다 좋았어요.

이쪽 일을 하게 된 결정적 계기는 군대에서 읽은 월간 «모터바이크» 때문이었어요. 바이크가 너무 좋고 맨날 생각나고 그래서 나가면 이 일을 해야겠다는 생각밖에 안 들더라고요. 그래서 제대 후 정비사 쪽으로 가기로 결심을 했고, 세차장에서 아르바이트한 돈을 모아서 **스즈키 GSX-R750**을 샀어요. 그리곤 바로 이 업계 일을 시작하게 됐지요.

좀 더 본격적인 라이더로서의 여정이 시작되는군요. 업계에 직접 몸담고 계셨으니 거쳐오신 바이크 각각을 고를 때도 나름 분명한 이유가 있으셨을 것 같습니다. 각 메이커별 R차를 두루 타 오셨던 걸로 기억합니다만?

스즈키 R750은 스라드(SRAD)로 불렸어요. 스즈키 가변흡기 시스템의 준말인데 지금이야 많은 바이크들이 달고 나오지만 그때만 해도 스즈키만의 신기술로 특정 알피엠 이상이 되면 부스터처럼 빨려나가듯 가속하는 매력이 있었어요. 당시 GSX-R750이라 하면 가와사키 세븐알과 경쟁모델로서 소위 말하는 리터급을 잡는 미들급으로 유명했고, 처음 300km/h를 맛보게 해준 차이기도 했어요. 너무 좋아서 세 대째 탔던 기억이 나요. 그다음에는 **야마하 R6**를 타게 됐죠. 전에 탔던 R750이 굉장히 덩치가 컸기 때문에 이번엔 작고 날렵한 차를 타고 싶었죠. 생각보다 최고속이나 토크가 센 차는 아니었지만 당시 야마하 R6만 유일하게 고알피엠 영역대를 사용할 수 있는 차였기 때문에, 소위 말하는 조지면서 타는 맛이 있었죠. 거기에 차체도 작고 가벼우니까 코너를 날렵하게 빠져나가는 맛이 참 특별했어요. 그때 R6를 타면서 처음으로 코너 타는 것에 욕심을 내기 시작했습니다.

혼다 954(CBR954RR)도 타셨다고 알고 있는데 혼다의 레플리카 바이크는 어떠셨나요?

각 브랜드들이 주는 매력을 한 번씩은 느껴보고 싶었기 때문에 혼다 차도 타보고 싶었어요. 그래서 현행 CBR1000RR의 전신인 **혼다 CBR954**를 타게 됐는데, 929, 954는 혼다에서 내놓았다가 실패한 차종이에요. 디자인보다도 엔진 트러블 때문이었는데 929때 트러블이 954까지 이어지더니 1000RR이 나오고 나서야 비로소 모든 게 완벽해졌어요. 지금이야 내구성의 혼다라 하지만 그들도 사실은 시행착오가 많았던 거죠. 제가 탔던 차도 문제가 없진 않았는데 그때그때 문제를 잡아가며 탔어요. 제가 처음으로 혼다 바이크란 이런 거구나를 느낀 건, 포천 아우토반을 달리는 데 미터기를 꺾는 초고속에서도 차가 전혀 동요하지 않더라고요. 고알피엠에서 흔히 나오는 신경질적인 반응조차 없었어요. 굉장히 부드럽고, 그래서 달리는 내내 편안하고, 그게 참 좋기도 했지만 한편으로는 왜 혼다를 재미없다고 하는지도 알게 됐죠. 바이크가 나한테 주는 메시지가 좀 없더라고요. 사실 이 바이크를 만든 사람들이 그걸 다 정제시킨 건데 막상 타는 입장에선 그런 부분이 심심하게 느껴지는 거죠. 그냥 잘 가고 잘 선다는 느낌이 강했어요.

그다음이 재혁님 블로그에서 최고의 바이크라고 여러 번 극찬을 했던 BMW K1200R을 타셨습니다. 전문정비사의 입장에서 꼽는 최고의 바이크라니 K 시리즈에 더욱 호기심이 갔어요.

지금도 제 기억 속에서는 **BMW K1200R**이 최고의 바이크 중 하나에요. K1200R, K1300R을 탔던 사람들 이야기를 들어보면 의외로 재미가 없다, R차도 아니고 네이키드도 아닌 어중간한 바이크라는 말들을 하는데 저는 K1200R을 탔을 때 코너링 머신으로 타야겠다는 생각을 했어요. 차가 정말 무겁긴 한데 코너링은 정말 좋은 바이크였거든요. 묵직하게 돌아나가는 그 맛은, 저는 그 뒤로는 다른 어떤 바이크에서도 느낄 수가 없었어요. 이런 코너링은 무게중심 설계가 극단적으로 낮게 설정 돼있어서 가능한 건데 보통의 일제 바이크들이 오일을 담는 공간을 엔진 아래로 위치시키므로 가장 무거운 크랭크의 회전 위치를 낮게 잡을 수가 없어요. 그런데 BMW에서는 드라이섬프 방식이라고, 오일 팬을 엔진 위로 올려서 설계를 하다 보니 엔진 크랭크 회전축을 바이크 가장 밑에까지 내릴 수가 있거든요. 그러다 보니 날렵하게 좌우로 움직이는 데에는 좀 둔할 수 있어도 고속코너링이라든지, 고속주행에는 정말 안정적이었어요. 게다가 BMW만의 독보적인 서스펜션 시스템인 텔레레버

방식은 지금 생각해도 공도주행에 있어서는 최고의 선택인 것 같아요. 굉장히 무겁기 때문에 레이스나 이런 데는 적합하지 않아도 서스펜션 덕분에 브레이킹이 훨씬 보완되는 측면이 있고, 그래서 공도에서 안전하고 빠르게 타기에는 정말 좋았어요. 잘 정지할 수 있으므로 빨리 달릴 수 있는 거죠.

BMW K1200R을 타면서 이제 다시는 일제 바이크를 탈 일이 없겠다는 생각을 했어요. 당시 유명한 일제 바이크들은 다 타 봤고, K1200R이 내가 바라는 모든 걸 충족해줬거든요. 그러다가 문득 아이러니하지만, 라이더를 안심시키는 BMW의 높은 완성도에 물들다 보니 바이크를 타는 기술적인 부분에서 점점 날이 무뎌져 간다는 생각이 들었어요. 제가 정비사이기도 하지만 바이크를 더 잘 타고 싶은 욕심도 굉장히 많은 편이거든요. 라이더의 단점을 완벽히 커버해주는 BMW도 좋지만 다시 한번 일제 바이크를 타면서 기술적인 부분을 단련하고 싶어서 **혼다 CBR1000RR**을 샀어요. 뭐 예상했던 대로 빠르고, 부드럽고 고장이 없는 차였는데, 제가 참 변태적인 것일 수도 있지만(웃음) 바이크가 너무 고장이 없어도 저는 좀 재미가 없어요. 정비사로서 자가 정비라든지 즐길 수 있는 여지가 너무 없는 거예요. 정비사는 자기 바이크를 직접 부담 없이 뜯어보고 고쳐보고 하면서 많이 알아가고 배우는 것도 있거든요. 그래서 좀 금방 마음이 식었던 기억이 나네요.

그다음이 이제 본격적으로 두카티와의 인연이 시작되게 되는가 보네요. 어쩌다 두카티를 타게 되셨습니까?

그때가 제가 '바이킹넷' 홍대에서 일하던 때였는데, BMW 수리를 많이 했지만 점점 두카티 차들이 많아지기 시작했어요. 주로 보증이 끝난 차들이 많이 입고됐었는데 수리하는 입장에서 이 차의 매력을 좀 느끼게 됐어요. 아니, 어떻게 이렇게 단순하고, 어떻게 차가 이렇게 가볍고, 또 2기통 엔진만의 특성이란 게 있잖아요? 처음에는 진짜 어디가 풀린 것 같고, 어디 베어링이 나간 것 같고 그런데 타면 탈수록 스로틀 감을 때마다 박자와 진동이 세지면서 뒷바퀴가 땅을 치면서 굴러가는 느낌이 있어요. 또 두카티는 특히 구형의 경우 오일 누유도 있고, 잔고장도 더러 있는데 정비사 입장에선 이런 게 너무 즐거운 거예요.(웃음) 두카티 바이크는 고치면 고친 만큼의 보람이 있어요. 바로 반응이 오거든요. 수리하는 재미가 있으면서도, 좀 만지고 나면 바이크가 확연히 변하는 게 보이니까 제가 참 좋아할 만했던 거죠.

두카티 수리를 계속하게 되면서 입소문이 퍼지니까 두카티 동호회에서도 많이 찾아오게 되고, 그 사람들과 어울리면서 자연스럽게 저도 두카티를 소유하게 됐죠. 처음 탄 게 **하이퍼모타드 796**이었어요. 처음 탔을 때는 출력에 대한 아쉬움도 많았고 주행자세부터 바이크의 전반적인 특성이 참 적응이 어려웠는데, 막상 익숙해지고 나니 이 차의 코너링 포텐셜을 깨닫게 됐죠. 특히 와인딩에서 주는 스릴과 재미는 지금까지 탔던 모든 바이크를 통틀어 최고로 재밌었어요. 하이퍼모타드로 고갯길에서 R차만큼 빠르게 코너를 타보고 싶어서 이런저런 레이싱 파츠들 잔뜩 사다가 장착도 해봤고, 그렇게 끊임없이 코너링에 심취하면서 하이퍼모타드는 이렇게 타는 바이크라는 답을 얻을 수 있었죠.

말씀해 주신 걸 들어보면 혼다는 (타는 입장에선 지루하게 느껴질 정도의) 드높은 완성도, 야마하는 예민하고 신경질적인 성격의 엔진, 스즈키는 호쾌한 파워, 그리고 BMW는 탁월한 안전성 등으로 요약이 가능한데요, 두카티는 뭐라고 요약할 수 있을까요?
두카티는 한마디로 오토바이다워요. 제가 되도록 오토바이라는 말을 잘 안 쓰고 모터사이클이라는 말을 많이 쓰려고 하는데, 두카티는 분명 오토바이스럽다고 생각해요. 오토바이스럽다는 게 뭐냐면, 다분히 미래 지향적인 외관과는 다르게 얘네는 전자 장치가 아닌 기계장치, 즉 아주 정교하고 세련되진 않아도 무척이나 터프한 날것의 쇳덩이라는 느

저공비행

낌이 있어요. 모든 메이커를 통틀어 가장 먼저 각종 전자장비를 도입하는 BMW와는 정반대로 두카티는 가장 전자장비가 늦게 들어간 축에 속하죠. 지금 집사람이 타고 있는 스트리트파이터 모델도 2013년식인데도 ABS조차 없어요. 그게 그 사람들의 고집이고 정신인 거죠. 훨씬 라이더가 주행 전반에 개입할 여지가 많고, 실수를 커버해줄 수 있는 것도 별로 없고, 2기통 특성 자체가 스로틀 응답성이 빨라서 다루기 힘든 지점도 많고, 하지만 그래서 타는 사람이 더 긴장하게 되는 거고, 뭔가 라이딩의 과정 전반이 훨씬 더 자극적이에요. 정말 살아서 날뛰려는 것 위에 올라타 있는 기분이 드는 거죠.

저는 재혁님 블로그에서 두카티 748의 길고 긴 엔진 오버홀 과정을 보면서, 영화 «그랜토리노»의 클린트 이스트우드가 생각이 났습니다. 영화에서도 주인공이 애지중지하는 그랜토리노라는 자동차를 개러지에서 시간과 정성을 쏟아가며 닦고 정비하는 장면이 나오거든요. 직접 엔진을 열고 갖가지 문제사항을 하나하나 해결해가며 점점 바이크가 나아지는 모습을 곁에서 보는 게 참 흐뭇했고, 그렇게 우정을 쌓아가시는 풍경이 참 보기 좋았습니다. 그렇게 옛날의 바이크를 타게 되신 계기가 있나요?

바이크 업계에 오래 있었고 그간 적지 않은 바이크를 타오면서 느낀 게, 점점 마력과 최고속은 중요하지 않다는 생각을 하게 돼요. 오히려 이 바이크만이 주는 특별한 퍼포먼스, 이런 게 더 궁금하고 그걸 제가 직접 찾아가는 데서 더 큰 재미를 느꼈어요. **두카티 748**은 알다시피 옛날 바이크죠. 제가 블로그에 썼던 것처럼, '빠르지도 않은데 다루기도 어렵고, 그렇다고 잘 눕지도 않는 바이크'(웃음)라서 최신형을 타다가 이걸 타면 그냥 철철철 거리는 쇳덩어리를 품에 안고 달리는 기분이에요. ABS, TCS 이런 거 하나도 없이 그냥 스로틀하고 브레이크만 있기 때문에 아스팔트 위에서 미끄러질까 무서워지는, 그야말로 원시적인 바이크인데,

저공비행

그걸 길들여가며 타는 재미라는 게 있고 빠르지 않은 바이크로 빠르게 타는 맛이 또 특별해요. 엔진필링도 현행 모델보다 훨씬 더 클래식한 감성이 살아 있고, 무엇보다 두카티의 정비사의 입장에서 본 메이커의 대표적인 모델을 보존하고 계속 관리를 하면서 탈 수 있다는 걸 보여주는 것도 중요하다고 생각하기 때문에 아끼고 보살피며 타고 있습니다.

바이크 정비사의 삶에 대해서 좀 더 이야기를 듣고 싶습니다.
처음 근무하셨던 곳은 어디였습니까?

제대하고 바이크 관련업을 하기로 결심을 했는데, 사람이 보통 자기가 정말 꿈에 그리던 일을 직업으로 삼는 게 쉽지가 않잖아요? 근데 저는 그걸 해보고 싶었어요. 어떻게 보면 제가 조금 청개구리 같은 면이 있어서 남들이 안 하는 일에 도전해보고도 싶었고, 그래서 제대를 하고 얼마 뒤에 모토구찌라는 브랜드에 입사를 하게 됐습니다.

당시 모토구찌가 제대로 된 딜러 체제가 아니었기 때문에 직원도 부족했고, 부품 수급도 어려웠고, 여러모로 굉장히 열악했어요. 지금처럼 클래식바이크가 붐을 일으키던 때도 아니었고 이태리 사람들의 느리고 답답한 특성도 적응이 힘들었죠. 그러다 BMW 강남모터라드 창단 멤버로 합류를 하게 되어 경력을 쌓게 됐는데, 결혼을 앞두고 오랜 고민 끝에 정든 BMW를 떠나서 바이킹넷으로 둥지를 옮기게 됐어요. BMW에서 일을 하는 내내 했던 생각이었지만 너무 최신 장비, 최신 기술만 배우다 보니까 내가 기초가 튼튼했더라면 이 일이 그렇게 어렵지 않았을 거라는 생각이 들면서 지금이 아니면 평생 다시 기초를 배울 수 있는 기회가 없겠다는 생각을 하게 됐어요. 그래서 결혼식 두 달 전에 과감히 사직서를 내고 밑바닥부터 다시 배워보자는 마음으로 바이킹넷에 들어가게 된 거죠. 그때 주위 모든 사람들이 다 말렸는데 집사람은 오히려 응원을 해줬고, 그게 참 고마웠어요. 그때 결심이 저에게는 참 중요한 반환점이었던 것 같고, 잘한 결정이었다고 생각해요.

바이킹넷에 가서서 목표하셨던 바는 이루셨습니까?

네, 처음부터 차근차근 배울 수 있었어요. 바이킹넷 처음에 갔을 때 손님들한테 아예 말씀을 드렸어요. 큰 바이크들만 만져봐서 스쿠터는 처음이다, 대신에 어떻게든 고쳐줄 테니 시간을 좀 넉넉히 달라, 대신 일한만큼 돈을 전부는 받지 않겠다, 고친 금액만 책정해서 받겠다고 했는데 그렇게 해서 더 많이 배울 수 있었고 기초를 닦을 수 있었죠. 그렇게 3년여를 홍대에서 지내다가 좋은 기회가 닿아서 부산 두카티로 가게 됐어요. 부산에 아무 연고도 없었기 때문에 굉장히 큰 모험이었는데 이 기회가 아니면 두카티를 배울 기회가 또 없을 것 같았고, 뭔가 후에 일어날 어떤 일의 시발점이 될 것 같은 기분에 무작정 내려갔어요. 부산에서도 제 나름대로 최선을 다했고 많이 배웠습니다. 재작년부터는 다시 서울로 올라와 두카티 강남에서 일하고 있어요.

장재혁님을 만나면 꼭 묻고 싶었던 질문을 하나 드리려 합니다. 대다수 두카티 구매를 망설이는 라이더들을 보면 내구성에 대한 염려, 과도한 수리비, 부품 수급의 어려움에 따른 수리 지연, 이 세 가지가 주로 이태리제 모터사이클에 대해 우려하는 부분인 것 같습니다. 두카티 정비사이자 바이크의 오너로서 이 지점에 대한 솔직한 소회를 듣고 싶습니다.

아마 오래전의 이태리제 바이크가 갖고 있던 이미지가 지금도 온라인상에서는 입에서 입으로 전해지고 있는 것 같아요. 전반적인 제품 품질 자체는 과거에 비해 월등히 개선되었고요, 간혹 문제가 생기더라도 해결이 안 되는 건 없습니다. 조금 지연되는 경우는 있을 수 있죠. 새롭게 적용되는 기술적 부분의 문제일지라도 이태리 본사와 즉각적으로 커뮤니케이션을 하면서 트러블을 해결하고 있어요. 아무래도 몇몇 고객님들 입장에서는 비싼 바이크를 샀는데 종종 입고가 길어지다 보니 불만이 생길 수도 있다고 생각을 해요. 정비팀장으로서 그와 같은 불편을 최소화하기 위해 다방면으로 노력하고 있다는 말씀만은 꼭 드리고 싶어요.

제품 내구성 및 정비 비용, 기간에 대한 부분은 지나친 우려라는 말씀이시지요?

네, 지나친 우려라고 확실히 말씀드릴 수 있어요. 두카티의 보증 제도가 굉장히 좋아졌어요. 고객님 본인 책임이 아닌 트러블의 경우 워런티로 해결되는 부분이 훨씬 늘어났기 때문에 안심하고 즐기셔도 괜찮아요. 물론 타 일제 브랜드 대비 부품 비용이 비싼 건 맞아요. 두카티에 들어가는 파츠들이 주로 내구성보다는 레이싱 퍼포먼스에 치중된 부분이 있어서 교환이 필요할 시 유지비용이 다소 들어간다는 것도 부정하지 않겠습니다. 그럼에도 단지 그러한 이유로 두카티에 도전하기를 포기하려 한다면 저로서는 너무 안타까워요. 아쉬운 점을 넉넉히 상쇄할 만큼의 분명한 매력이 있기 때문이죠. 메인터넌스 전반에 있어 꾸준한 관심과 애정을 기울여야 하는 건 맞지만, 일단 탔을 때는 나머지 모든 걸 잊게 해 줄 만큼의 특별한 경험을 약속한다는 말씀을 드리고 싶습니다.

오토바이를 통해 찾으려는 즐거움의 종류는 무엇입니까?

저는 지금 같은 경우는 바이크로 즐길 수 있는 건 다 즐기려고 해요. 그동안은 주로 투어나 와인딩에 치중해 왔는데 몇 차례 트랙 경험을 하고 나니 트랙도 충분한 재미를 느낄 수가 있겠더라고요. 각각 저마다의 매력이 있기 때문에 바이크로 할 수 있는 모든 일에 도전하고 다 즐기려고 노력을 하고 있습니다.

바이크 위에서 가장 행복했던 순간이 언제였을까요?

처음 바이크를 타던 때, 정말 바이크 메이커나 스펙 이런 거 하나도 필요 없이 그냥 순수하게 바이크 자체를 좋아했던 시절이 아니었나 싶은데, 지금 그때로 돌아갈 수는 없기 때문에 요즘은 일부러 바이크를 많이 안 타고 있어요. 왜냐면 가끔 타야 더 재밌더라고요. 매일같이 타다 보면 바이크 타는 자체가 피곤하고 또 스트레스가 되기도 하는데 간만에 한 번씩 타면 그 순간이 참 간절하고, 소중하고, 옛날 생각이 많이 나요.

'그렇게 위험한 걸 왜 타느냐?' 는 주변의 만류에는 어떻게 대처하시나요?

그런 말을 그동안 너무 많이 들었는데, 바이크가 위험한 건 사실이에요. 사고가 나도 자동차보다 라이더가 직접 충격을 받을 여지가 많기도 하죠. 그래서 위험하다는 걸 인정하는 편인데, 그럼에도 재밌으니 탄다고 말을 하죠. 사람들이 왜 이렇게 바이크를 금기시하는가에 대해서는 일본이랑 비교하면 이해하기 쉬워요. 일본과 달리 우리나라는 도로환경이나 교통 문화 자체가 자동차 운전하기에도 힘든 점이 많은데 오토바이는 더 어려운 점이 많기 때문이겠죠. 그럼에도 라이딩 스쿨 같은 것들이

점차 늘어나고 있는 게 다행이라 생각돼요. 개인적으로 레이스 문화가 빨리 정착이 돼서 속도를 즐기는 바이크는 트랙에서 즐기되, 공도에서는 최대한 안전하고 즐겁게 타는 문화가 자리 잡혔으면 좋겠어요.

바이크를 타고 자주 찾는 곳은 어디입니까?

예전에는 남들처럼 목적지를 세우고 거기만 왔다 갔다 했는데, 요즘은 내비게이션 이런 거 없이 그냥 이정표만 보고 가요. 어디 목적지를 정하면 항상 가던 길만 가게 되는데 방향만 정해놓고 달리다 보면 인적 드문 예쁜 길들을 더 자주 만나게 되더라고요. 그냥 몸과 마음 가는 대로 한나절 신나게 달리다가 복귀하는 여정을 즐기고 있습니다.

장차 모터사이클 정비사를 꿈꾸고 있는 사람도 독자 중에
있을 거라 생각을 하는데, 그런 후배들에게 조언 말씀을
부탁드리고 싶습니다.

장사꾼이 되지 말고, 정비사가 됐으면 좋겠어요. 물론 어려운 지점이 많아요. 숍들이 제 살 깎아먹기 식으로 경쟁하면서 공임도 제대로 못 받아가며 손님 붙잡으려 하니 일한 만큼의 대가를 받을 수도 없고, 그만큼 노력할 이유도 없어져서 그냥 작은 거로 푼돈이나 벌자는 생각 많이들 하죠. 하지만 저는 생각의 차이라고 봐요. 장사꾼이 아닌 정비사로서 이 일을 해야지만 정직하게 일할 수 있고, 정당하게 공임을 받을 수 있어요. 힘들더라도 정도를 걷는 게 맞다고 생각합니다.

앞으로 타보고 싶은 바이크는 무엇일까요?

진짜 갖고 싶은 바이크는 빠니갈레 슈퍼레제라 모델이에요. WSBK[1]나 가는 모델의 공도 주행 버전이죠. 두카티의 최고 경량화 기술과 최신 엔진 기술이 집약된 정말 극단적으로 최고인 바이크인데, 가격도 1억이 넘으니까 뭐… (웃음) 전 세계 500대 한정이고 한국에 3대가 배정이 됐는데 2대가 계약이 됐더라고요. 전 그냥 아주 옛날의 슈퍼바이크와 최신의 슈퍼바이크를 동시에 소유하고 싶은 욕심이 있어요. 748은 오래오래 소장할 생각이니 최신의 슈퍼바이크만 한 대 더 있으면 좋을 것 같습니다.

나에게 바이크란 무엇일까요?

지금의 저를 있게 해줬고 앞으로의 저를 있게 해줄 매개체 같은 것 같아요. 제 삶 자체에요. 제 업이고, 내 가장 꿈꾸는 일이자 좋아하는 일.

---

[1] Superbike World Championship의 약자로 오직 레이스의 승리를 위해 특별히 제작된 전용 바이크로 경쟁하는 MOTOGP와 다르게 각 브랜드의 시판차들로 경기가 이루어지는 것이 특징이다.

겨울이 목전이던 11월에 당일치기 1,200km 일주를 떠났다. 길에서 얼어 죽진 않을까 하는 걱정보다는 한해 마지막 라이딩을 보다 특별하게 기념하고 싶은 마음이 앞섰다. 두카티를 이렇게도 탈 수 있다는 걸 증명하고 싶었다.

저공비행

새벽 한 시에 부산을 출발해 해뜨기 전에 강릉에 도착했다. 대관령과 서울을 찍고 숨 가쁘게 부산으로 복귀까지 장장 25시간을 오토바이만 탔다. 십수 년을 넘게 탔지만 이렇게 힘든 라이딩은 처음이었다. 그래도 사진만 보면 웃음이 난다. 또 가게 될지도 모르겠다.

스스로 자제하며 안전하게 탈 수 있다면 오토바이는 나에게 너무나 많은 걸 준다.
가고 싶은 곳 어디든 갈 수 있고, 지루한 일상에 활력소가 되며, 스스로의 한계를
극복하는 데서 오는 성취감은 물론 인생에서 의미심장한 교훈을 줄 때도 있다.

나윤석

자동차 업계에서 오래 일했고 지금은 바퀴달린
탈것에 관한 글을 쓴다. 하야부사, 투오노, 밀레, SMT
등 화끈하고 매니악한 머신들을 두루 거쳤고, 마지막
공랭엔진을 장착한 12년식 BMW R1200R을 타고
있다. 차세대 도심형 개인운송수단으로서 바이크의
가능성에 주목하고 있다.

자기소개 부탁드립니다.

나윤석입니다. 나이는 68년식이니까 우리 나이로 내년이 벌써 쉰이네요. 현재 자동차 칼럼니스트 겸 컨설턴트 일을 하고 있고, DOHC 공랭 엔진의 마지막 모델인 2012년식 BMW R1200R을 가지고 있습니다.

칼럼니스트님께서 처음 오토바이를 타신 계기가 궁금합니다.

어렸을 때 저희 친형님께서 모터사이클을 타셨어요. 제 기억에 저희 형님이나 삼촌 세대, 40~50년 생들이 의외로 오토바이를 많이들 타셨어요. 요즘으로 치면 언더본[1], 시티백의 형님들 같은 바이크가 시골에서는 자가용이었죠. 누구나 자동차를 갖기는 어려웠던 시절이라 대신에 모터사이클이 집집마다 있었고 생활에 광장히 밀착된 물건인 시절이었죠. 형님세대가 이제 슬슬 레저용 바이크들이 하나둘씩 만들어지기 시작하던 무렵이라 81년쯤엔 대림의 DRM이라는 모델도 타셨고, 기아 혼다에서 나오는 VT250F도 타셨던 걸로 기억을 해요. 그때 저는 용돈을 모아서 29cc 자전거 페달이 달린 모패드[2]를 하나 샀어요. 그때 등하교 거리가 한 5km 됐었는데, 전에는 자전거 타고 다니다가 형님 타시는 거 보니까 타고 싶어져서 중고로 하나 장만을 했죠. 그때가 중학생 때였는데… 근데 이거 오프 더 레코드 맞지요?(웃음)

상당히 이른 나이에 라이더로 입문하셨습니다.(웃음)
그때 다행히 가족분들이 허락해주시는 분위기였나 봐요?

부모님께선 물론 걱정하셨죠. 그래도 제가 저희 형님한테 영향을 많이 받은 게 그 당시에도 안전장비에 관해서 만큼은 아낌없이 장착을 하고 타셨어요. 덕분에 저는 그때도 지금도 안전장비에 관해서만큼은 절대

---

[1] 차대 아래 엔진을 장착한 차량을 의미하며, 통상 배달용 오토바이를 지칭한다.
[2] 모터와 페달을 갖춘 자전거의 일종. 오토바이처럼 동력을 이용하거나, 페달을 밟아 달린다.

타협을 하지 않고 있어요. 스쿠터도 어디 하나 잘못되기에는 충분히 빠르잖아요. 부모님께서도 그런 제 모습을 보시면서 염려하시는 한편으로 조심히 타겠거니 하고 믿어주셨던 것 같아요.

관련 업계에서 오랜 기간 종사해오시기도 했고 이쪽 분야에 대해 글을 쓰고 계신 만큼 누구보다도 까다롭게 바이크를 선택하셨을 것 같습니다. 특히 그간 거쳐오신 모델이 아프릴리아 TUONO, BMW R1100S, KTM 990SMT, BMW R1200R인 것을 보면 대중성과는 약간씩 거리가 있는데 그들의 어떤 부분들이 칼럼니스트님의 마음을 사로잡은 건가요?

저는 바이크에 정말 미쳐 살았다, 이런 쪽은 아니에요. 재밌는 것을 좋아하기는 해도 안전을 해할 정도로 심하게 타는 건 바라지 않는 편입니다. 대학시절 형님 바이크를 타고 다니다가 올림픽대로에서 한번 사고를 겪은 적이 있어요. 옛날에는 250cc 이상 바이크는 올림픽대로 같은 전용도로에 들어갈 수 있었거든요. 다행히 안전 장비를 한 덕분에 큰 부상은 없었지만 바이크가 위험하다는 사실을 절절히 체감했었죠. 그 이후 한참을 안 탔어요. 그러다 다시 타기 시작한 게 98년이에요. 개인사업을 하면서 프리랜서 일도 겸업으로 하고 있었는데 IMF 탓에 하던 일들이 좀 어려워지다 보니 실질적인 교통수단을 찾던 참이었어요. 그래서 선택한 게 **효성 GRANDPRIX**라는 스쿠터였어요. 피아지오에서 나온 HEXAGON이라는 스쿠터의 카피 모델인데, 뒤에 트렁크가 달려 있어서 가방도 들어가고 실용성이 좋아 보여서 선택을 했죠. 다만 그 차는 구동계에 문제가 많아서 오래 못 탔어요. 원심클러치의 무브볼이 녹아버리고 베어링이 나가버려서 보증기간 내내 센터 직원들하고 거의 가족처럼 지내다가(웃음) 정리했던 기억이 나요.

그다음에 탔던 오토바이가 **대림 MAGMA 125**였어요. 오랜만에 타는 수동 모터사이클이었기 때문에 되도록 자세가 공격적이지 않으

저공비행

면서 기본기가 충실한 모델을 찾다 보니 마그마가 눈에 들어왔어요. 돌아보면 마그마가 제동성능이 참 좋은 바이크였던 것 같아요. 다소 느긋한 포지션과 출중한 기본기 덕분에 도로 위에서 충분히 주행연습을 할 수 있었고요. 그리곤 **혼다 CB400**을 탔어요. 실용성을 엄격하게 따지는 저답게도 풀 네이키드 버전보다는 조그마한 비키니 카울이 달려 있던 CB400 Version R을 구입했어요. 덩치 큰 제가 타니 사람들이 이거는 스크린이 아니고 화투장 하나 세워놓은 것 같다고 놀리곤 했죠.(웃음)

혼다를 한동안 타보고 나니 '너무 좋아서 심심하다'는 사람들의 평가가 무슨 말인지 잘 알겠더군요. 라이더의 입력에 따라 성격이 변화하는 폭이 적었던 탓에 좀 지나치게 예측 가능하다고 느꼈습니다. 좀 더 커뮤니케이션을 할 수 있는 바이크를 타보고 싶어졌죠. 그래서 찾은 게 야마하에서도 꽤나 마이너 바이크 중 하나였던 **YZF600R Thundercat**이었습니다. 후일 나온 야마하 R6의 사촌형 정도 되는 기종이면서 혼다 CBR600F와 비슷한 계열의 F차[3]였는데, 일본 내수용 모델밖에 없어 출력 제한이 있던 혼다의 바이크들과는 다르게 야마하는 풀 파워로 달릴 수가 있었어요. 그때 야마하를 타면서 제품 구석구석의 마무리가 참 섬세하다고 느꼈고, 혼다보다는 훨씬 라이더의 개입의 여지가 많지만 어디까지나 허용 가능한 범주 안에서의 재미를 추구한다는 인상을 받았어요. 간혹 신경질을 부리기는 해도 '네가 실수했으니 네가 책임져!'라는 식으로 패대기를 치려고 들진 않더라고요.(웃음) 그리고는 야마하 R1과 함께 당대를 호령했던 **스즈키 GSX1300R(HAYABUSA)** 위에 오르게 되었죠.

---

3 F차는 레플리카 바이크가 지닌 단점을 보완하여, 편한 포지션과 저속 위주의 셋팅, 그리고 좋은 연비를 특징으로 주로 시내에서 피로하지 않게 달리는 것을 목표로 하는 바이크의 장르를 의미한다.

저공비행

하야부사는 어떤 차라고 생각하시나요? 의외로 편하지도 않은데 무겁고 코너링도 애매한 머신이라고 평하는 분도 있더라고요.

그분은 아마 그걸 레플리카[4]랑 비교하셨기 때문일 거예요. 저는 그 차를 정확하게는 스포츠 투어러[5]라고 봅니다. 장거리를 대포알처럼 달리고 중고속 코너링을 잘하는 차지, 와인딩을 타는 차는 아니에요. 하지만 뱅킹각이 상당히 깊어서 와인딩도 생각보다 잘 탔던 기억이 나요. 확실한 건 175마력, 최고 시속 350km 라고 하는 어마어마한 스펙에 비해서는 대단히 다루기 쉬운 차였죠. 다만 1세대 하야부사는 밸브가 피스톤을 때려서 엔진이 깨지는 치명적인 단점이 있었어요. 제 차도 결국 엔진이 한 번 깨져서 후배한테 시집갔다가 소박 맞고 돌아온 가슴 아픈 기억이 있습니다.(웃음)

　그때 하야부사가 제게 가르쳐준 교훈이 하나 있어요. 처음 퇴계로에서 신차를 내려서 남산을 오르는데 1단에서도 속도가 엄청나게 나와서 자꾸 앞차를 박으려고 하더라고요. '이거 타다가 나 죽으면 어떡하지?' 하고 불쑥 겁이 났는데 그때 마음을 다잡고 다짐한 게 있어요. '그래도 사람이 타라고 만든 건데 왜 나는 못 탈까? 오만하고 교만하지만 않는다면 적어도 얘가 나를 먼저 배반하지는 않을 거다. 그러니 타기도 전부터 주눅 들지는 말되, 그렇다고 교만하지도 말자. 그 순간 내가 죽는다.' 이 다짐은 지금까지도 지키며 살아요. 겁나는 상황이라도 부딪쳐요. 그게 하야부사가 제게 가르쳐준 인생의 교훈이에요.

---

4 '복제/카피'라는 의미와 같이 레이스에서 1분 1초의 호각을 다투는 슈퍼바이크의 기술력을 기반으로 일반 공도에서 사람들이 타고 다닐 수 있게 시판 된 차량을 레플리카라 칭한다. 통상적으로 슈퍼스포츠, 알차 등으로도 불린다.
5 빠른 속도로 장거리를 주파할 수 있게끔 제작된 바이크를 칭하며, 1000cc 이상의 엔진과 파워풀한 브레이크, 방풍성능이 탁월한 카울링, 고속주행에서의 직진안정성 등이 특징이다.

그리고 좀 더 본격적인 이탈리아제 하이퍼 네이키드[6]의 세계로 가게 되신 거군요.

하야부사를 탄 뒤로 잠시 야마하 FAZER(FZIS)를 타다가 이태리 감성이 뭔지 궁금해서 **두카티 MONSTER S2R 800**을 타게 됐어요. 그런데 탄 지 얼마 안 돼서 잘못하면 죽겠다는 생각이 들더군요. 이 친구는 제가 조금만 잘못해도 저를 패대기 쳐버릴 것 같은 느낌이 들었거든요(웃음). 즐겁게 타고 싶은 거지 목숨까지 걸 정도로는 타고 싶진 않았기 때문에 오래 타진 않았어요. 그래도 이태리 감성은 충분히 맛볼 수 있었던 즐거운 경험이었습니다.

그리고 회사일로 일 년 반 동안 독일에 체류하게 되면서 **아프릴리아 TUONO**를 탔어요. 이유는 이태리의 감성은 느끼되 이태리의 품질은 피하고 싶었기 때문이었어요.(웃음) 아프릴리아 회사는 피아지오 그룹 산하에 있어서 이태리 브랜드 치고는 모종의 균형감각을 갖고 있어요. 같은 V-Twin 엔진이지만 두카티와 비교하면 아프릴리아는 훨씬 다루기가 쉬워요. 또 트러스 파이프 프레임을 쓰는 몬스터에 비해 투오노는 슈퍼바이크 밀레와 같은 알루미늄 트윈 스파 프레임을 써서 차대가 훨씬 단단해요. 더욱이 제가 탔던 모델은 TUONO 1200R(Factory ver.)이었는데 올린즈 서스펜션과 마르케지니 단조 휠이 들어간 팩토리 버전이라 여러모로 더욱 특별했죠. 진짜 제대로 뜨거운 하이퍼 네이키드의 맛을 유감없이 느끼게 해준 바이크였고 정말 재밌게 탔어요. 유럽에서는 주말에 2,000km씩 타는 게 일상적인 일이었기 때문에 투오노와 함께 유럽 여기저기 돌아다녔습니다.

---

6 네이키드는 '벌거벗은' 이라는 뜻과 같이 카울을 애초에 탈거하여 엔진룸과 모든 기기적인 장치들이 눈에 띄는 것이 특징이며, 상대적으로 다루기가 편한 포지션을 갖춰 도심내 주행에 주로 사용되는 바이크의 장르를 말한다. 하이퍼네이키드는 주로 리터급 이상의 배기량을 갖춘 초고속 네이키드 바이크를 칭한다.

이탈리안 종마를 타고 알프스를 넘나드셨다니 정말 부러운 바이크 라이프가 아닐 수 없습니다. 독일 도로 위에서 가장 인상 깊었던 건 무엇이었습니까?

먼저 유럽은 바이크를 탄다는 게 전혀 이상한 행위가 아니잖아요? 독일의 자동차 회사에 다녔지만 바이크를 타고 출퇴근을 해도 뭐라 하는 사람이 하나도 없고, 회사에 바이크 주차장이 따로 있어요. 아우토반을 바이크로 달리는 걸 당연하게 자연스러운 일상의 일부로 받아들이는 풍경이 참 좋았어요. 그리고 독일 고속도로에서는 차들끼리 굉장히 커뮤니케이션이 활발하게 이루어져서 시속 200km로 달리더라도 앞뒤 차간 간격이 넓지 않은데 바이크가 그 사이에 들어오면 갑자기 간격이 확 벌어져요. 바이크는 자동차보다 약자이므로 지켜주자는 게 그들 사회의 약속인 거예요. 매우 인상 깊었어요.

독일에서 귀국하신 뒤에는 BMW를 타셨다고요.

독일에서 돌아와 **BMW R1100S**를 샀던 이유는 이제 나이도 들었고 좀 더 안전을 대비할 필요성을 느꼈기 때문이었어요. 당시만 해도 ABS가 달린 바이크는 대형 투어러밖에 없었는데 그나마 스포티한 모델 중에서 ABS가 달린 모델을 찾다 보니까 R1100S 박서컵 레플리카 버전을 구입하게 됩니다. 전에도 물론 이런저런 기회를 통해 BMW 바이크를 접한 적은 있었지만, 직접 소유해서 타보고 나니 지금껏 거쳐온 바이크와 성격이 너무 달라서 이질감을 느꼈어요. 그간 날이 바짝 서있는 차들만 타다가 안전하고 편안한 차를 타려다 보니 결국은 성에 차지 않더라고요. 그래서 결국 아프릴리아 RSV MILLE 2세대를 구입하게 됐습니다. 앞 서스펜션이 올린즈이기도 했고 여러모로 저의 목마름을 채워줄 슈퍼바이크임은 분명했는데, 애석하게도 그 차는 오래 못 타고 보내야만 했어요. 자주 타지도 못하고 매일 주차장에만 세워놓는 게 미안하더라고요. 정말 팔기 싫었는데, 지금도 너무 아쉬워요.

그다음이 KTM 990SMT. 정말 짓궂고 호락호락하지 않은
녀석들만 일부러 골라 거쳐오셨다는 생각을 하게 됩니다.(웃음)
SMT는 어떠셨어요?

KTM 990SMT를 골랐던 이유 역시 아주 또렷했어요. 주행 포지션
은 나이도 있고 하니 좀 더 편했으면 좋겠고, 타는 맛은 좀 더 강렬했으
면 좋겠다. 그리고 하나 더, 서스펜션이 좋은 차를 타고 싶다. 그렇게 고
르다 보니 올린즈에 비견되는 화이트 파워(WP) 서스펜션을 장착한 모
타드[7] 계열 투어러인 SMT가 정답이겠다는 생각이 들었습니다. 실제로
SMT는 중·단거리 투어러로서 멀지 않은 당일치기 투어 정도의 거리를
아주 땀 흠뻑 흘러가면서 즐겁게 탈 수 있는 바이크였어요. 정말 재밌고
신나게 탔습니다. 무엇보다도 모타드의 피가 흐르는 투어러답게 겁 없
이 뒷바퀴 흘려가며 타는 맛이 대단히 중독적이었어요. 2년 가까이 탔는
데 그쯤 되니 이제 더 이상 탔다가는 아무래도 무슨 일이 터질 것만 같
은 불길한 예감이 드는 거예요. 너무 사랑한 바이크였지만 이 사랑 끝에
제가 그간 지켜온 안전에 관한 모든 철칙들이 무너져 내릴 것만 같아 눈
물을 머금고 보내줬습니다.

긴 여정 끝에 지금의 BMW R1200R에 도착하셨군요.
제가 느끼기엔 그간 거쳐온 화끈한 친구들에 비하면 다소
모범답안에 가까운 선택이 아닌가 싶은 생각도 들었습니다.

BMW R1200R이 보기와는 달리 모범답안에 가까운 바이크는 아니에
요. BMW 바이크 중에서는 가장 라이더의 입력을 필요로 하는 바이크
중 하나죠. 특히 12년식은 최후의 공유냉 DOHC 엔진을 장착한 탓에 그

---

7 오프로더 바이크에 등화류와 번호판 장착대 등을 장착하고 온로드용 타이어를 장착하여
도로에서 달릴 수 있게 만든 종류를 모타드(Motard) 바이크라 칭한다. 태생이 오프로드이므로
낮은 RPM에서의 강력한 펀치력과 가벼운 무게, 서스펜션의 엄청난 충격흡수력, 강력한 코너
주행성 등을 지닌다.

가치가 더욱 특별합니다. 기존의 SOHC OHV 엔진보다는 훨씬 더 활기차서 바락바락 쥐어짜면서 달리는 게 가능하고, 현행 수냉식 엔진보다는 묵직하게 돌아가는 크랭크의 중량감을 더 선명하게 느낄 수 있어요. 매끈하게 다듬어진 쇳덩어리를 오일에 푹 담가놓고 돌리는 기분이에요. 그러한 네이키드 바이크 본연의 감성적인 부분과 필요충분하게 스포티한 운동신경, 넉넉한 안전장비에 이르기까지 지금 제 나이에 타기에는 더할 나위 없는 바이크라고 생각했고, 지금도 이 친구와는 굉장히 오래 갈 것 같다는 예감이 들어요.

이 중에서 내 인생 최고의 바이크를 꼽는다면?
그런 바이크는 없어요. 왜냐면 바이크는 다 나름의 주장이 있기 때문에 단지 그게 나의 선호나 성향과 일치하느냐의 문제를 따질 뿐이지, 우열 같은 건 없다고 생각해요. 제가 이 차가 너무 좋았다고 하는 것 역시 지극히 주관적인 저의 감상일 뿐이므로 저는 되도록 남들이 쓴 시승기를 그 차의 수준을 평가하는 기준으로 삼지 않았으면 좋겠어요. 단지 그 시승자의 취향에 비추어볼 때 나하고 맞겠구나 정도를 가늠하는 도구로만 사용했으면 좋겠습니다.

나윤석

이야기를 듣다 보니 불쑥 드는 생각이, 사모님께서는 바이크 타는 걸 많이 지지해주시는 편인가요? 원만한 결혼생활과 끊임없는 기변이라는 두 마리 토끼를 모두 잡으신 비결이 궁금합니다.(웃음)

뭐 처음부터 좋아하는 사람이 있겠어요?(웃음) 제가 중간에 바이크에서 내려온 기간이 있기도 했지만, 그때도 렌트를 하든지 업체의 시승행사에 참여하든지 하는 기회를 통해 일 년에 최소한 보름에서 한 달 정도는 늘 바이크를 탔어요. 결혼기념일이면 골드윙을 빌려서 집사람 뒤에 태우고 강원도 쪽으로 투어를 다닌 적도 있었고요. 결국 바이크는 모르면 무조건 나쁜 물건이라고 단정 짓기 마련인데, 함께 즐거운 시간들을 차곡차곡 쌓아나가고 내가 어떤 마음과 자세로 바이크를 타고 대하는지를 꾸준히 보여주었기 때문에 그만큼 이해를 해 주었다고 생각해요.

뒤늦게 라이더의 세계로 입문하고자 하는 4학년, 5학년, 6학년(웃음) 선배님들 중에 더러 사모님 허락을 얻지 못해 숨어서 타거나, 안장 위에 오르려는 시도조차 좌절되는 경우들이 많다고 알고 있습니다. 그분들이 원만히 허락을 따낼 수 있기 위한 조언을 부탁드리고 싶습니다.(웃음)

원론적인 대답과 현실적인 대답이 다르죠.(웃음) 원론적인 대답은 저처럼 시간을 가지고 선입견을 깰 수 있는 기회를 만드셔야 된다는 거고요. 또한 바이크를 타고 이 남자가 일탈을 한다는 느낌을 줘서는 안 되겠죠. 평소엔 사회 규범에 충실한 사람도 바이크만 타면 끈이 풀려버리는 경우가 있고, 그건 자칫 큰 사고로 이어질 수도 있는 것이기 때문에 늘 바이크를 타면서도 지킬 건 지키고 흥분하지 않는, 평소와 변함없는 모습을 보여줘야겠죠. 보다 현실적인 조언이라면, 많은 분들께서 이미 하고 계시듯이 질러놓고 용서를 구하는 방법이 있는데… (웃음) 저는 개인적으로 그 방법을 권하지는 않습니다. 질러놓고 어쩔 수 없이 포기시켜서 타더라도 늘 감정이 좋지 못한 상대 눈치를 살피며 타는 마음이 결코 편하기가 어렵거든요. 게다가 중년이 넘어가면 여자들이 집에서 점점 세지기 때문에(웃음), 더욱이 그런 방법은 권장하고 싶지가 않네요.

오토바이의 가장 큰 매력은 무엇이라고 생각하세요?

바이크를 탈 때 제일 좋은 건 타는 행위 자체에 집중을 할 수 있다는 거예요. 그로써 정신의 날을 세울 수 있어요. 그렇게 한나절 흠뻑 달리고 나면 내가 완전히 리셋되는 느낌이 들어요. 또 온몸으로 날것의 자연을 체감해야 하므로 무뎌진 감각을 되살아나게끔 훈련하는 데도 제격이에요. 일종의 센서 캘리브레이션을 위한 도구라고나 할까요? 좀 더 나아가자면 바이크는 너무도 안전하고 익은 것들로 가득한 일상에 남아있는 몇 안 되는 '날것'이기도 해요. 우리 주변엔 죄다 모서리가 둥글둥글한 것들뿐이지만 바이크 위에서만큼은 정신과 신경을 바짝 긴장시켜야만 하죠. 나의 사소한 선택과 행동의 결과가 너무도 여실히 드러나는 활동인 탓에 훨씬 더 신중해질 수 있고 최대치의 책임감을 연습할 수 있어요.

자동차 잡지에 오래간 칼럼을 기고하시며 우리나라 곳곳을 많이 달려보셨을 텐데 독자에게 추천해주실 만한 길이 있을까요?

일단 집이 망우리 쪽이라 양수리 길 따라 팔당 쪽으로 가볍게 한 바퀴 도는 걸 좋아해요. 지방에서는 88번 지방도가 좋습니다. 울진에서 봉화, 영월, 원주를 지나 양평까지 이어지는 길인데 와인딩도 많고, 경치도 좋고, 아주 청정한 길이에요.

아찔했던 사고의 경험이 있으신가요?

사고는 물론 여러 가지 이유에서 발생하지만 즐거움이 나를 잡아먹으면 사고가 나요. 무엇보다도 저는 젊은 라이더들에게 그룹 투어에 너무 취하지 말기를 부탁하고 싶어요. 여럿이서 달리다 보면, 물론 누군가는 앞에서 페이스 조절을 하겠지만, 뒤처지지 않기 위해 자기 페이스보다 빠

나윤석

르게 가야만 하는 사람이 생겨요. 앞사람이 브레이킹 포인트나 라인을 잡아주기 때문에 따라가는 것만으로 자기가 잘 탄다고 착각하게 되는데 그렇게 방심하는 순간 사고가 나는 거예요. 절대 오버페이스를 하지 않았으면 좋겠고 정말 끝까지 타보고 싶다면 서킷을 이용하면 좋겠습니다. 요즘은 원피스 수트 없이도 탈 수 있는 임대 행사 같은 것도 많아요. 제발 도로 위에서 레이스 하지 않았으면 좋겠어요. 그런 것에 목숨을 걸었던 동료나 선배, 후배들을 곁에서 보고 나서 드리는 말씀이에요.

한국에서 오토바이를 타면서 느끼는 가장 큰 불편은 무엇인가요?

가장 안타까운 것은 서로 이해하지 않으려고 하는 이륜차와 사륜차 운전자들 사이의 갈등이죠. 앞서 독일 고속도로에서는 차 사이에 바이크가 들어오면 간격이 순식간에 벌어진다는 말씀을 드렸잖아요. 그게 가능한 건 이륜차가 고속에서 급격한 방향 전환이 어렵고, 사고 시 피해가 크다는 것을 모두 알고 있기 때문이에요. 그에 비해 우리나라는 두 집단이 서로한테 벽을 세우기 바빠요. 도로라는 공공재를 공유하는 이웃으로서 상대 교통수단의 장점에 대해서 솔직히 인정하고 조금만 배려하면 좋을 텐데, 양쪽 모두가 피해 의식에 사로잡혀 있어요.

라이더와 운전자 사이의 대립구도는 어떻게 해야 해결이 될까요?

현재 모터사이클 시장을 보면 극과 극으로 구분되어 있잖아요? 생활의 역군들이 타는 시티백과 같은 배달용 바이크 아니면 고급 레저 인구가 타는 할리 혹은 BMW. 그 중간에 출·퇴근 수단으로 이륜차를 타는 평범한 사람들이 늘어나는 게 중요한 것 같아요. 겉으로 봐도 나랑 비슷하고 친숙한 사람들이 생활 속에서 바이크나 스쿠터를 이용하는 것을 자주 접하고, 또 그들이 신호나 차선도 잘 지키는 것을 봤을 때 라이더와 운전자 사이의 거리감도 많이 완화될 수 있겠죠. 그런 점에서 저는 근래 등장한 야마하 TRICITY 같은 삼륜 바이크들을 예의주시하고 있어요.

앞으로는 도심 내 개인용 운송수단에 대한 수요가 점점 늘어날 것이기 때문에 보편적인 사람들이 더욱 쉽게 접근할 수 있는 삼륜 바이크가 차세대 커뮤터로서 훌륭한 대안이 될 수 있을 거라고 생각해요.

다음은 우리나라 라이더라면 누구나 겪어야 할 숙제와도 같은 질문인데, '그렇게 위험한 걸 도대체 왜 타느냐?'라는 질문에는 어떻게 답변 하시나요?

실생활 속 필요성 때문에 바이크를 탄다고 대답합니다. 저에게는 이게 리스크의 문제가 아닌 효용성의 문제라는 것이죠. 모터사이클만이 지니고 있는 대체 불가한 몇 가지 쓰임새가 있기 때문에 이걸 타는 거예요. 다만 자동차에 비해 충돌 시 크럼플 존(crumple zone)[8]이 없는 것도 알고 있고 그렇기 때문에 도로주행 상 안전에 대해서는 누구보다도 엄격하다고 이야기하죠.

바이크는 오래 안전히 탈 수 있다고 생각하시나요?

저도 오래 안전히 타고 싶고 그러기 위해 노력하는 중이예요. 다만 나이가 들수록 자신의 신체적, 물리적인 한계에 대해서는 솔직히 인정하는 게 좋다고 생각해요. 시력은 물론 반사 신경, 근력, 체력 등 많은 부분이 전과 같지 않다면 자신의 능력의 변화를 인정하고 더 편하고 쉽게 다룰 수 있는 기종으로 바꿔가는 거죠. 그것이 안전하게 오래 재밌게 탈 수 있는 현명한 방법이라고 생각합니다.

머플러 튜닝에 대한 의견이 궁금합니다.

저도 머플러 튜닝을 한 적이 있어요. 그러나 꼭 필요하다거나 권장하는 편은 아니에요. 튜닝을 해도 법 테두리 안에서 할 수 있긴 하잖아요. 너

---

8 사고 시에 충격흡수를 위한 공간을 말한다.

저공비행

무 시끄러운 거는 내 존재를 남한테 알릴 수는 있어도 내가 다른 존재를 파악하는 데 방해가 돼요. 또한 내가 도로 위의 약자라고 주장하기 이전에 나보다 상대적으로 약자인 자전거 운전자나 보행자를 배려할 필요도 있죠. 어느 정도의 튜닝은 괜찮다고 생각하지만 법망을 넘어서는 과한 튜닝은 지양해야 한다고 봐요.

이륜차 고속도로 금지나 자동차 전용도로에 대해서는 어떻게 생각 하시나요?

저는 이런 얘기를 주로 합니다. 과보호하는 부모 밑에는 자식이 딱 두 가지 종류밖에 없다고. 마마보이 아니면 문제아. 과보호받는다는 뜻은 뭐냐면요, 스스로 판단할 수 있는 능력을 잃어버린다는 것이에요. 직접 부딪쳐볼 수 있는 기회나 자유를 얻지 못했기 때문에 스스로 생각할 줄 모른 채 그저 시키는 대로만 따르는 마마보이가 되거나, 옳고 그르고는 상관없이 틀에서 벗어나는 것만이 인생 목표인 문제아가 되는 거죠. 라이더들 역시도 '어휴, 나 그냥 안 탈래' 하면서 문제 제기 자체를 포기하거나 혹은 꿋꿋하게 고속도로를 통행하며 탈법 시위를 계속하는 열혈 라이더 두 극단밖에 안 남는 거죠. 라이더 역시 공동체의 일부 구성원인데 그들이 잘하든 못하든 해볼 기회조차도 허락하지 않은 채 무작정 금지하고 보는 자체가 우리 국민의 민도를 떨어뜨리는 것이고 우리 사회의 성숙도를 보여주는 일면이라고 생각합니다.

앞으로의 이륜차 시장은 어떻게 전망하시나요? 일본도 확실히 라이딩 인구가 고령화되어 가고 있고 젊은층의 신규 유입이 없어 고심 중이라는 이야기를 들었습니다. 전 레트로 클래식이 유행한다거나, 다운사이징이 하나의 트렌드가 되어가는 것도 어느 정도는 이러한 세태가 반영된 결과라고 보고 있거든요. 앞으로의 이륜차 시장이 활력을 찾기 위한 반등의 모멘텀이랄 게 있을까요?

국내로 한정 지어 말하자면, 사실 저는 바이크 산업이 취미의 영역으로만 따졌을 때 분명한 사양산업이라고 생각해요. 안타깝지만 현실이 그래요. 일단 우리 청소년들 중에 더 이상 누가 얼마나 취미로 바이크를 즐기겠어요. 삼포 세대, 오포 세대, 뭐 이런 단어들만 봐도 그렇고 해외의 청년들에 비해 삶의 여건이 훨씬 각박하고 실패를 인정하지 않는 사회이다 보니 초기 진입에 목돈이 필요하고 위험하면서 시간도 많이 드는 이런 것들을 이제는 안 하게 돼요. 그렇기 때문에 80~90년대 바이크의 황금시대와 같이 젊은 세대 사이에서 바이크 붐을 일으키자는 식의 생각은 그저 노스텔지아에 가까운 것 같아요. 새로운 패러다임을 찾아야만 하죠. 저는 이륜차가 진정한 교통수단화되어야 된다고 생각합니다. 취미의 영역에서 경쟁을 하기보다는 도심 내 합리적 교통수단의 일종으로 자리를 잡아야 한다고 생각해요. 근래 전기자전거가 늘어나는 걸 보면 앞으로 전기스쿠터나 전기바이크가 등장했을 때 이들의 장점에 대해 더 많은 이들이 주목할 수도 있을 것 같아요. 전기로 굴러가는 개인형 운송수단이 보편화될수록 도로 효율을 높여 교통 정체를 해소함은 물론 환경에도 훨씬 보탬이 되겠죠. 정부 역시도 전기차 한 대당 보조금 천오백만 원씩 주고 이런 것보다 좀 더 근본적인 맥락에서 대안적 운송수단을 개발하는 데 도움을 주는 그런 정책을 폈으면 좋겠어요.

한국의 바이크 문화에 대한 생각이나 라이더들을 향해 하고싶은 말이 있다면 해주세요.

브랜드별 파벌싸움 같은 것은 자동차 쪽에서도 비일비재한 일이고, 전 그것 역시 하나의 재미라고 생각을 해요. 지나가는 차 시비 걸어 넘어뜨리고 그러는 건 아니잖아요?(웃음) 그것도 나름의 에너지라고 생각해요. 다만 제가 좀 안타깝고 부탁드리고 싶은 것은 우스갯소리로 예비군복 이야기를 종종 합니다. 멀쩡한 사람도 예비군복만 입혀놓으면 신발 꺾어 신고, 모자 삐뚤어 쓰고 하는 걸 보게 되는데 라이더들 역시도 라이딩 기어 입고 도로만 나가면 사람이 확 달라지는 경우가 있어요. 앞타이어 아낀다고 막 앞바퀴 들고 다닌다든가(웃음), 전 좀 그러지 말자는 거예요. 그렇게 과격한 일탈의 수단으로 바이크를 대하는 순간 라이더들은 절대로 다른 사람들로부터 인정받을 수 없어요. 지킬 건 지키고 다른 사람 눈살 찌푸리게는 하지 말았으면 합니다. 그렇게 안 해도 바이크는 충분히 재밌으니까요.

이제 마지막 질문입니다. 나에게 바이크란 무엇일까요?
친구예요. 나랑 놀아주고 북돋아주고 정신차리게 해주는 좋은 친구.

저공비행

2016년 여름 에디터스 팩토리 공장장들과 강원도 교육 투어. 이 날 대형 모터사이클을 처음 경험하는 공장장들과 함께 안전하고 즐거운 투어를 즐겼다. 장소는 인제 내린천변 도로.

신형 엔진을 탑재한 BMW R1200RT는 이전 모델보다
높은 출력과 함께 다이내믹한 리스폰스가 인상적인
그랜드 스포츠 투어러가 되었다. R1200GT라는
이름으로 출시될 것이라고 했던 출시 당시의 루머가
전혀 낭설은 아니었던 셈이다.

하승하

만화 《상남2인조》를 보고 오토바이에 올랐다.
하야부사를 타고 운문댐에서 무릎을 긁었고,
할리데이비슨과 함께 일본을 두바퀴 돌았다.
요즘은 새로 산 소프테일 디럭스를 꾸미며 지낸다.

저공비행

자기소개 부탁드립니다.

이름은 하승하, 올해 서른세 살입니다. 대구 사람이고요. 전에는 자동화 프로그램 관련 일을 하다가 지금은 전기 쪽 일을 하고 있습니다. 바이크는 할리데이비슨 DYNA STREET BOB을 타고 있어요.

전에 야구를 하셨다고 들었는데요.

야구 선수라 하기는 민망하고 고등학교 때까지 타자를 했어요. 몸이 좀 안 좋아져서 어쩔 수 없이 관뒀는데 야구를 같이했던 친구 박석민, 조현근 등과 연락하며 지냅니다. 다들 빨리 그만두고 사회인 야구를 하러 와야 하는데…. (웃음)

어떤 계기로 오토바이를 타셨나요?

고등학교 1학년 때 운동을 그만두고 일반교실로 돌아가니까 적응이 안 되는 거예요. 처음으로 7교시까지 수업을 듣고 끝나면 교실 청소하고…. 이런걸 전 그때 다 처음 해봤거든요. 이래저래 적응하기가 힘들어 학교를 그만 다니게 됐어요. 검정고시를 쳤죠. 열일곱, 열여덟 어린 나이에 이제 일을 해야 하는데 그 나이에 돈을 젤 많이 벌 수 있는 게 배달이었어요. 피자, 중국집 배달을 근 2년을 했는데 그때는 한 달 배달하면 140~150만 원을 줬어요. 그 나이에 그 정도면 괜찮거든요. 원래 게임기에 관심이 많아서 플레이스테이션, 엑스박스, 종류별로 다 샀던 기억이 납니다. 그러다가 «상남 2인조»[1]라고 제 인생 만화가 있는데, 그거 읽고 너무 큰 감동을 받았어요. '아아, 나도 이제 오토바이다!'(웃음) 가진 게임기를 다 팔아서 조그마한 오토바이를 하나 샀죠. 그게 효성 EXIV였습니다. 열아홉 살 때네요.

---

[1] 만화가 후지사와 토오루의 작품으로 불량학생으로 이름을 떨친 콤비 영길과 용이의 파란만장한 사춘기 시절을 주제로 하며, 폭주족 단체들 간의 다툼이 큰 비중을 차지한다.

일찍부터 일하시며 오토바이를 타셨군요.

주말만 되면 동호회 사람들이 우르르 투어 다니는 걸 보면서 어려서 그랬는지 몰라도 얼마나 부럽고 멋지던지, '나도 빨리 저 사람들하고 같이 놀면 멋있겠다'고 생각을 했어요. 그래서 스즈키 R750을 사서 열심히 형들을 따라다녔는데 같이 달려보니까 저하고 이게 잘 안 맞는 거예요. 전제가 서고 싶을 때 서야 하고 가고 싶을 때 가고, 여행 가고, 이런 게 좋은데 우당탕 모여서 앞바퀴 들고 막...(웃음) 이런 게 맞는 사람도 있겠지만 저랑은 안 맞더라고요. 스무 살 나이에 그걸 일찍 느꼈죠. 그래서 주로 혼자 타거나 친구들이랑 타고 그랬어요.

그간 거쳐온 오토바이에 대한 간단한 소감을 들려주시죠.

스즈키 R1000, 야마하 R6 같은 레플리카 바이크를 주로 타다가 빠르게 달리는 게 저랑은 안 맞는다는 걸 깨닫고 **가와사키 Z1000**라는 네이키드 바이크를 타게 됐어요. 그게 우리나라 1호 차여서 여기저기 사진 올라오고 했던 게 기억나는데, 제 취향이 네이키드라는 걸 깨닫게 해준 차죠. 다만, 4기통이라 큰 재미는 없었어요. **스즈키 GSX1300R 하야부사**는 이름만 딱 들어도 오토바이 타는 사람들의 로망인데 재밌게 탄 기억은 없는 것 같아요. R차도 아니고, 투어러[2]라 하기도 뭐 하고, 크게 재미를 느낄 만한 것은 하야부사라는 이름 말고는 없던 것 같아요. 최고속은 빠르지만 무겁고 짐도 안 실려서 불편했던 기억이 더 나요.

할리데이비슨은 올드한 이미지가 있어서 큰 관심이 없다가 누가 한번 타보라고 해서 타봤더니 대단한 매력이 있더라고요. **SPORSTER FORTY-EIGHT**을 먼저 탔는데 신호 대기 때 엔진이 밑에서 통째로 벌떡이며 움직이는 게 너무 신기하고, 정말 바이크를 탄다는 실감 하나만

---

2 빠른 속도로 장거리를 주파할 수 있게끔 제작된 바이크를 칭하며, 1000cc 이상의 엔진과 파워풀한 브레이크, 방풍성능이 탁월한 카울링, 고속주행에서의 직진안정성 등이 특징이다.

큼은 아주 확실한 차라는 생각이 들었어요. 그다음에 지금 타는 **DYNA STREET BOB**이라는 모델을 타고 있는데, 3년 넘게 탔지만 질리지도 않고 너무 재밌어요. 할리데이비슨에서도 가장 퍼포먼스적으로 앞선 바이크이기도 하고, 이만한 놈이 없다는 걸 아니까 후회할 거 같아서 바꾸질 못하겠어요.

오토바이를 통해 찾고자 하는 즐거움은 무엇인가요?
여행이죠. 여행을 가려면 준비하는 기간이 있잖아요? 지도 체크부터 시작해서 준비하는 기간이 사실은 굉장히 재밌고, 저는 이것부터가 여행의 시작이라고 생각해요. 그런데 보면 갈 때 자기를 그냥 데리고 가 달라는 사람들이 있어요. 전 좀 안타깝죠. 여행하는 재미 중 3할은 준비하는 건데, 왜 이 큰 재미를 포기하는지. 그리고 전 혼자서 오토바이 여행하는 걸 좋아하는 것 같아요. 무엇보다 편하고, 아무리 친한 친구와 같이 가더라도 트러블이 생기기도 하는데 혼자 가면 진짜 여행이 뭔지도 알고, 외로움도 좀 느낄 수 있고. 그게 정말 좋더라고요.

하승하

오토바이 위에서 가장 행복했던 순간은 언제입니까?

오토바이에 올라타면 매 순간 행복한 것 같아요. 바빠서 1~2주일에 한 번씩 타지만 올라탈 때마다 마음이 참, 어떻게 설명할 수가 없는 기분이 되죠. 일 끝나고 집에 와서 세워져 있는 오토바이가 눈에 보이면 마음이 한없이 안심되고 든든하고 그렇습니다. 한 주를 버티게 하는 힘이죠.

평소 오토바이를 타고 자주 찾는 곳은 어딘가요?

대구 근처에서는 운문댐, 밀양댐을 돌아 대구로 돌아오는 두 시간 코스를 주로 가요. 운문댐, 밀양댐을 가는 이 길이 대한민국 투어 코스 중에 거의 세 손가락 안에 든다고 생각해요. 시간 여유가 있다면 천왕재까지 갔다가 대구로 복귀하죠. 가면 R차들이 득실대고 코너 똑같은 거 왔다 갔다 하고… 처음 가면 신기하면서도 이 사람들 단체로 뭐하는 건가 싶기도 할 거예요.(웃음) 하야부사 탈 때는 많이 갔는데, 가볼 만합니다.

아찔했던 사고의 경험이 있으신가요? 그로부터 배운 교훈이 있다면 함께 나눴으면 좋겠습니다.

있죠. 늘 오토바이 타는 사람에게 이야기하는 게 먼 산 보며 타지 말라고 하는데, 스무 살 땐가 대구 월드컵 경기장 가다가 고속도로로 빠지는 길이 있어요. 저 멀리 경기장이 보이는데 그날따라 너무 이뻐서 한참을 보다가 정신을 차리고 앞을 보니 차가 있는 거예요. 뒤에서 박았죠. 다행히 몸은 안 다치고 탱크만 좀 찌그러지고 말았죠.

'그렇게 위험한 걸 왜 타느냐'는 말에는 어떻게 대처하시나요?

저한테 위험한 걸 왜 타느냐고 말하는 사람은 거의 없었고 오히려 다들 저를 부러워했어요. 전 조금이라도 오토바이에 관심이 있는 사람들한테는 적극적으로 타라고 권장해요. '오토바이는 몸이 아니라 마음을 움직인다(Four wheels move the body, Two wheels move the soul)'는 말처럼 사람이 활기차고, 건강해지고, 인생에서 재밌는 일들이 많아지니까 권장합니다. 제가 다녀온 일본 여행만 봐도 오토바이 없이 그냥 갔으면 그런 멋진 여행은 못 했을 거라고 생각해요. 오토바이를 타고 갔기 때문에 그렇게 많은 도움을 받았고, 좋은 사람들을 많이 만날 수 있던 거죠. 오토바이 타는 사람끼리는 세계 만국 공통이라 가면 다 통해요. 일본어나 한국어를 몰라도 둘 다 할리를 탄다면 거기서 더는 대화가 필요 없이 밥 먹었어? 안 먹었어? 그럼 따라와, 이렇게 되는 거죠.(웃음)

우리나라 사람들의 바이크를 향한 대중적 적대감의 원인은 무엇이라고 생각하시나요?

가장 큰 이유는 생계형 오토바이 때문이 아닌가 싶어요. 그분들의 노고와는 별개로 배달, 퀵서비스 일을 하시는 분들 중에 무등록이 많고 무질서한 주행을 많이 합니다. 그리고 법도 허술해서 제도 자체가 무등록을 조장하고 있죠. 돈을 주면 인증받은 서류를 주고 번호판을 발급받아 온 다음에 오토바이를 꺼내줘야 하는데 우리나라는 돈 주면 오토바이부터 주면서 '서류는 한두 달 있다 나옵니다.' 이러니 무등록으로 굉장히 편하게 탈 수 있는 거죠.

특별히 추천하는 샵이나 정비사님이 있습니까?

특별히는 없어요. 웬만한 정비는 직접 하는 편인데 오일 정도는 그래도 제가 직접 가는 게 애정도 더 생기고 그러는 것 같아요. 사실 할리데이비슨이 까보면 굉장히 단순해서 정비가 쉬워요. 가와사키 Z1000 같은 경우는 뜯어보면 뭔지 모르겠어, 복잡해. 근데 할리는 딱 보면 알아요.

할리데이비슨 튜닝 부품을 전문적으로 생산하는 Roland Sands Design(RSD)에 특별한 애착이 있으신 것 같아요.

예전부터 좋아했던 곳인데 지금은 너무 유명해져서 오히려 소중함이 조금씩 떨어지는 중이에요. 그때는 뭘 잘 몰라서 별 쓸데없는 커버라든지 드레스업 파츠 달고 그랬는데 다시 할리를 사서 튜닝을 한다면 퍼포먼스 튜닝을 할 것 같아요. 올린즈 서스펜션 같은 걸 달고 싶습니다.

머플러 튜닝에 대해서는 어떻게 생각하십니까?
브랜드 행사 같은 곳에서 대열 주행을 할 일이 생기는데 정말 너무 시끄러운 차들이 간혹 있어요. 귀 터지는 머플러는 물론이고 사이렌을 혼처럼 쓰는 어르신도 봤는데 전 그게 선배들이 잘못 가르쳐준 거로 생각해요. 새로 입문한 사람한테 좀 품위 있게 타는 법부터 알려줘야 하는데, 우르르 몰려다니면서 주목받고 튜닝 머플러로 동네 사람들 밤잠 깨우고 그런 게 사실은 별로 멋있지도 않고 좋은 것도 아닌데 왜 다들 그렇게 남 앞에 우쭐해지는 것부터 배우는지, 참 보면 안타까워요.

겉치장에서도 우리나라는 좀 획일화된 부분이 있는 편이죠.
일본에 가보니 사람들이 정말 수십 년 된 오토바이도 자랑스럽게 타고 다니더라고요. 아소산 꼭대기에 가보면 혼다 CB750 나나한같이 20년 된 오토바이 앞에 사람들이 우르르 모여 있고, 가와사키 Z1 같은 기종에

저공비행

서 백발 영감님이 내리니까 너무 멋있는 거예요. 만약 우리나라에서 그랬으면 분명히 '화석, 저거 돈이 없어서 타나!' 하며 뒤에서 웃을 거예요. 꼭 남한테 보이기 위해 타는 게 아니라 자기 스스로 바이크를 아끼고 소중히 다루고 그런 모습이 참 멋있는 건데, 한국과 일본은 아직 오토바이 문화가 너무 다른 것 같아요.

자동차전용도로 및 고속도로 통행금지에 대해서는 어떻게 생각하시나요?

자동차 전용도로… 문제 많죠. 어제도 포항을 다녀왔는데, 국도를 타고 가다가 500m도 안 되는 다리 하나가 나오더니 자동차 전용이라는 거예요. 어이없죠. 다들 오토바이가 전용도로를 타면 위험하다고 생각하는데 잘못된 거예요. 오히려 그 길이 안전해요. 원래는 탈 수 있었는데 자동차 운행에 오토바이가 방해가 된다는 이유로 못 달리게 된 거잖아요. 달리게 해줘야 하는데 누구도 이에 관심이 없어요. 국회의원들이 무슨 관심이 있겠어요. 우리가 어떻게 보면 소수라서 그래요. 분명히 바뀌긴 바뀌어야 될 텐데 언제가 될진 모르겠네요.

일본을 두 차례나, 그것도 꽤 장기간으로 다녀오셨습니다. 예산은 어느 정도 잡으셨나요?

처음 갔던 규슈는 당시 제가 다닌 회사가 여름휴가를 9일 정도 줘서 다녀왔어요. 그때 한 150~200만 원 가까이 쓴 것 같네요. 그때는 좀 마음껏 썼어요. 잠도 숙소에서 자고, 먹는 것도 맛있는 거 먹고.

두 번째로 14년도에 한 달 간 일본 갔을 땐 백수이기도 해서 무조건 아껴야 했어요. 주로 캠핑하고 도시락만 사 먹으며 지냈더니 일주일 갔던 때랑 비용 차이가 얼마 안 났어요. 총 200만 원 정도? 그것도 기름값, 탁송비 제외하면 한 달 간 50~60만 원밖에 안 쓴 거죠. 편의점 도시락이 하나에 300엔인데 마감하기 전에 가면 엄청 싸요. 거기도 우리처럼 떨이를 하는데 떨이도 줄이 있어서 빨리 가야 합니다.(웃음) 도시락 하나에 80엔. 원래는 400~500엔 정도 하는 걸 사서 가방에 넣어놨다가 하나씩 까먹었죠.

일본 라이더들의 특징이라면 뭐가 있을까요?

일단 오토바이가 많이 보여요. 라이더 인구 자체가 많다는 걸 가장 먼저 느낄 수 있고, 특징이라면 우리나라는 오토바이를 타고 어딜 가면 전부 다 옷은 다이네즈, 헬멧은 쇼웨이 아님 아라이같이 비싼 장비를 끼고 있죠. 싼 장비를 껴도 그 사람은 분명히 나중에 비싼 걸 살 거예요. 근데 일본은 안 그렇더라고요. 다이네즈 입은 사람을 본 적이 없어요. 오토바이가 좋아도 의류나 장비 등은 최대한 실용적으로 갖추고 탄다는 인상을 받았어요. 저만해도 비싼 걸 착용해야 한다고 생각하고 벨스타프 입고 이러는데 좀 반성 되더라고요. 많이 느꼈어요.

일본에서 가장 기억에 남는 장면은 뭐가 있었을까요?

타카치오 협곡 가기 위해 아침 일찍 출발해서 오토바이를 타고 가는데 길 옆으로 유치원생들이 2열로 줄 서서 가더라고요. 그 옆을 지나가는데 앞장선 선생님하고 같이 애들이 전부 저한테 손을 흔드는 거예요. 우리나라 같았으면 정말 상상도 할 수 없는 장면이죠. 모르는 라이더한테 손 흔들어주는 그들의 모습을 보며 너무 많은 걸 느꼈어요. 어린아이들에게 오토바이가 나쁜 게 아니라는 것을 가르치고, 그들이 자라서 성인이 되면 오토바이에 대한 인식이 어떻겠어요? 우리나라와는 애당초 비교할 수 없는 거죠.

규슈에서 제일 좋았던 코스는 어디셨나요?

하나 뽑자면 아소 밀크 로드가 제일 좋았고 미야자키로 가는 절벽 같은 길이 있는데 거기도 너무 좋았어요. 근데 누가 저보고 일본 여행할 건데 어디로 가야 하나 물으면 홋카이도를 가라고 합니다. 규슈도 물론 추천하는데 홋카이도가 워낙 좋아서. 홋카이도는 일본 같지가 않고 길이 미국 같아요. 끝이 안 보이고, 땅은 우리나라만 한데 사람은 거의 없고. 가면 외로움도 좀 느껴요.

홋카이도 계획을 잡으면 어떻게 가야 할까요?

오토바이를 가지고 가야 된다고 하면, 홋카이도까지 가는 데만 3~4일이 걸려요. 시모노세키까지 배를 타고 가서 마이즈루까지 달리고 또 배 타고. 렌트를 한다면, 비행기를 타고 삿포로에 가서 바로 렌트를 하면 됩니다. 제가 그때 한 10일 돌았는데, 땅 크기가 거의 우리나라만 하니까 충분하죠. 홋카이도가 일본 라이더들에게도 특별한 곳이라 투어 중인 사람들을 수없이 만나게 돼요. 규슈 같은 곳은 이쁜 곳이 딱 정해져 있는 반면 홋카이도는 모든 곳이 다 이쁜 것 같습니다. 가다가 멈추고 싶은 곳이 너무 많아서 세세하게 기억도 안 날 정도로 무척 좋았어요.

홋카이도를 먼저 돌고 시코쿠를 가면 감흥이 덜하겠네요?

스타일이 너무 달라요. 시코쿠는 정통 일본식의 풍경을 볼 수 있어요. 홋카이도는 하루 500km를 타도 안 피곤한데 시코쿠는 하루 100km만 타도 피곤했어요. 꼬불꼬불 길도 좁고 반면 홋카이도는 엄청 길도 크고 끝이 안 보이고. 시코쿠는 시코쿠 나름의 아기자기한 재미가 있고 홋카이도는 홋카이도만의 매력이 있는 거죠.

앞으로 타보고 싶은 바이크가 있습니까?

지금 생각나는 바이크는 KTM 1290 SUPER ADVENTURE. 전에 경주 가서 1190을 타보고 참 좋다는 생각했어요. 보통 재미와 성능은 반비례하는데 KTM은 조화가 잘 잡혀있더라고요. 재미도 좋은데도 성능도 괜찮은 맛이 있다는 걸 알았죠. 빠따가 괜찮더라고요. 특히 빠따가.(웃음)

앞으로 가보고 싶은 곳은 어디입니까?

유라시아를 가보고 싶어요. 기존에 갔던 사람들이 루트를 다 개척해놨기 때문에 지금 가는 사람들은 굉장히 편하게 갈 수 있어요. 오토바이 타던 사람들이 나도 가야지 이게 아니라 오토바이를 안 타던 사람이 오토바이를 사서 가는 시대가 됐기 때문에 확실히 전보다 특별함은 좀 바랜 부분이 있지만은 한 반년 정도 잡고 다이나 타고 유럽 끝까지 한번 다 돌아보고 싶어요.

나에게 오토바이란?

꿈이죠. 꿈. 나이 육십, 칠십이 돼도 계속하고 싶은 꿈. 그때는 아마 지금처럼 탈 수는 없겠지만 외국 영화 같은 걸 보면 창고에 오토바이 하나씩 들여놓고 가끔 시동 켜서 달리는 것처럼 오래오래 타고 싶어요. 아까도 말했다시피 저한테 오토바이가 있다는 사실만으로도 가슴이 두근거릴 때가 많기 때문에, 나에게 오토바이란 꿈이다. 평생 하고 싶은 꿈.

가을이라 꽃밭의 흔적만이 남았던 비에이(美瑛)를 지나 슈마리나이호수(朱鞠内湖)에서
잠시 걸었다.

저공비행

초면인 나에게 가없는 친절을 베풀던 사람들이 있었다. 은퇴 후 가와사키 닌자를 타고
일본 곳곳을 여행 중이던 에노모토 할아버지 역시 그랬다.

저공비행

누구나 인증샷을 찍는 마일드세븐언덕이지만
정작 나는 그곳으로 가는 길이 더 좋았다.

하승하

에리모미사키(襟裳岬)로 이어진 길은 더 이상
무슨 말이 필요 없는 일본 최고의 절경이다. 인근
휴게소에서는 내 인생 최고의 해물라멘을 만났다.

이정규

중학 시절 친구와 낚시 가는 길에 처음 스쿠터를 탔다.
혼다 CB를 타며 클래식바이크에 매료됐고,
잘 복원된 올드바이크에 올라 논두렁길을 달리곤 한다.
재밌는 사람들과 오토바이 클럽을 결성해 삼복더위
엄동설한에도 함께 모여 즐겁게 달리고 있다.

저공비행

자기소개를 부탁드리겠습니다.

이정규입니다. 사진을 전공했고 교수님 밑에서 6년 동안 어시를 하다가 이제 제 작업을 하려고 준비하는 과정에 있어요. 바이크는 가와사키 W650, 혼다 CL175, XL230 등을 바꿔가며 타고 있습니다.

처음 어떻게 오토바이를 타게 되셨나요?

어릴 때부터 민물낚시를 좋아해서 초등학교 때부터 낚시를 독학하며 즐겼어요. 그러다 중학생 때 다방을 하시는 친구네 부모님 스쿠터를 타고 낚시하러 다니면서 오토바이를 타기 시작했죠. 매뉴얼 오토바이는 군대 가기 전에 울프라는 오토바이를 보고 홀딱 반해서 제대하자마자 탈 줄도 모르면서 무작정 샀던 게 기억이 나네요.

오토바이의 무엇이 그리 좋던가요?

무엇보다 오토바이가 있으면 참 편해요. 그리고 오토바이를 탈 때만큼은 잡생각이 싹 사라져요. 내가 지금 살아있고, 맞바람이 불고, 이 기계를 운전하고 있다는 세 가지 사실만 남아요. 깊숙이 몰입하게 되는 그 기분이 참 좋습니다.

그간 거쳐온 오토바이 각각에 대한 소감을 들려주세요.

생애 첫 오토바이는 앞서 말한 대만제 **SYM WOLF125**라는 바이크였어요. 참 좋은 오토바이였는데 이쪽 장르의 오리지널이라 할 수 있는 빅싱글[1]의 존재를 알고 나니 아류라는 느낌에서 벗어날 수가 없더라고요. 2개월도 못 탄 신차를 헐값에 팔아버린 것도 단지 그 이유 때문이었어요. 그리고 산 게 **혼다 빅싱글 CB400SS**였어요. 정말 훌륭한 모터사이

---

[1] 고배기량 단기통 엔진을 장착한 바이크를 통칭한다. 「탓! 탓! 탓!」 하는 특유의 중후한 음과 진동, 토크 등의 독특한 맛이 있어 일부 라이더들로부터 사랑을 받고 있다. 대표적으로 혼다 CB400SS, 야마하 SR400 등이 있다.

클이었습니다. 아무래도 이후 탔던 **야마하 SR400**과 비교를 하게 되는데 확실히 SR400 같은 경우는 거칠고 날것에 가깝다면 SS는 모범생 같은 오토바이였어요. 재미는 좀 떨어지지만 잔고장 때문에 귀찮았던 적은 한 번도 없었으니까요.

CB400SS를 4년 정도 타고 나서 **할리데이비슨 883**을 탔어요. 할리에 대한 로망 같은 게 있어서 20대 중반에 꽤 큰돈을 열심히 모아서 구입해 탔는데 생각보다 금방 질려버리더라고요. 할리의 진동이나 소음, 무게 이런 것들이 둔탁하고 부담스럽게 느껴지는 거예요. 전 그냥 일상속에서 가볍게 탈 수 있는 바이크를 원했던 건데 이건 나와 맞지 않다는 걸 금방 느꼈죠. 그래서 다음 차로 **두카티 MONSTER 695**를 탔는데 정말 재밌었어요. 스로틀을 감을 때마다 아드레날린이 미친 듯이 솟구치는데, 솔직히 좀 무섭다는 느낌이 들지만 멈출 수 없는 묘한 매력이 있더라고요. 몬스터 695 정도면 두카티 라인업 중에서는 엔트리급에 속하지만 한국의 도심과는 젤 잘 어울리는 오토바이가 아니었나 싶어요. 그것보다 이상 나가는 오토바이는 시내 주행에서 불편함이 있고 695 정도면 중장거리 투어까지 얼마든지 커버할 수 있으니까요. 다만 뻥뻥 뚫린 데서 풀스로틀 감는 게 습관이 되다 보니 자꾸 명을 재촉하는 것만 같아서 판매를 결심하게 됐어요.(웃음)

두카티 몬스터 이후로 본격적인 과거로의 회귀가 이루어집니다.
어쩌다 점점 더 옛날의 오토바이로 관심을 갖게 되신 건가요?
클래식이란 것에 매료되다 보니 이것들이 원래 갖고 있던 모습이 무엇인지 공부를 하게 되면서 진정한 오리지널에 대한 동경을 갖게 된 거죠. 가로수길에 위치한 제가 일하던 스튜디오 옆에 배달 오토바이 취급하는 센터가 있었는데, 어느 날 보니까 거기 구석에 파란색 옛날 오토바이가 하나 처박혀있더라고요. 그게 **혼다 CL175**라는 국내엔 한 대밖에 없는 귀한 오토바이였어요. 그걸 가져오려고 2년간 주인을 설득했습니다. 그러다 그분이 더 이상 바이크를 못 탈 사정이 생기면서 제가 아껴줬으면 좋겠다고 하시기에 결국 인수하게 됐어요.

혼다 CL175은 타보시니 어떻습니까?

굳이 비유하자면 과거로의 시간여행을 떠난 기분이라고나 할까요? 비록 70년대를 살아본 적은 없지만, 잠시 동안이라도 70년대에 가 있는 듯한 느낌?(웃음) 물론 요즘 기준으로 보면 한 125cc 정도의 조촐한 성능의 바이크지만 확실히 그 특유의 시골스러운 털털거리는 감성은 최신의 바이크가 결코 전달할 수 없는 종류의 것이죠.

그다음은 혼다 XL230이라 하셨나요? 외관상으로는 오프로드용 바이크로 보이던데 그거는 어쩌다 들이셨나요?

제가 원래 70년대 엔듀로[2] 타입의 오토바이를 참 좋아하는데 **혼다 XL230**을 아는 사람이 별로 없어요. 왜냐면 그 오토바이 자체가 일본 내수 시장용 오토바이였고 2002년부터 2003년까지 2년만 생산을 하고 생산 중지된 오토바이였기 때문이죠. 어느 날 이 XL230 오토바이를 형체를 알아보지도 못할 만큼 망가뜨려서 타는 사람이 있더라고요. 마침 그 오토바이를 팔겠다기에 '그래, 내가 이거를 갖고 와서 순정으로 복원해서 타면 좋겠다'는 생각이 들어서 가져왔죠. 딱 제가 생각했던 느낌 그대로의 바이크예요. 가볍고 편하고 논두렁이든 아스팔트든 어디든 다갈 수 있고 군더더기 없이 오토바이로서의 본래 기능에 충실한, 그야말로 '클래식'이라는 수식어에 더없이 부합하는 바이크였어요.

---

2 정해진 경기장이 아닌 야외의 다양한 오프로드 코스를 달리는 본격적인 오프로드 바이크를 말한다. 계곡길이나 치대기 코스에서도 달릴 수 있도록 무게는 100~110kg 정도로 가볍고 토크가 센 고출력 엔진을 사용하며 타이어도 완전 깍두기를 사용한다.

저공비행

전에 야마하 SR400 튜닝에 기천만 원 돈을 쏟으신 걸로 기억합니다. 튜닝을 마친 뒤의 소회가 어떠셨는지 궁금해요.

남들과는 다른 오토바이를 타고 싶다는 생각으로 시작했어요. 하나하나 파츠들을 여기저기서 구해다가 장착하고 완성되는 모습을 보며 느끼는 만족감 때문에 시작했던 건데, 문득 뭔가 놓치고 있다는 생각이 들었어요. 오토바이를 타는 것 자체만으로도 즐겁고 좋았던 사람이 무엇을 위해 이렇게까지 스트레스 받으며 돈을 쓰고 에너지를 쏟는지 모르겠더라고요. 그 순간 저는 판매를 결심하게 됐어요. 이제는 세월의 흔적을 자연스럽게 간직한 순정 그 자체의 오토바이가 가장 예뻐 보입니다. 결국 오토바이는 세워놓는 것보다 달리기 위해 태어난 도구라는 걸 배웠죠.

앞으로 타보고 싶은 바이크가 있으십니까?

지금은 오토바이에 큰 갈증은 없어요. 지금 가지고 있는 오토바이만으로 충분히 제가 찾고자 하는 즐거움을 느낄 수 있기 때문이죠. 훨씬 더 비싸거나 퍼포먼스적으로 출중한 오토바이를 탄다고 해서 별다른 재미가 있을까 싶어요. 이것저것 타보고 나니 결국 저와 제일 잘 맞는 건 저랑 닮은 오토바이라는 걸 알았어요. 그렇다 보니 지금 가진 바이크로 충분하다고 느낍니다.

아찔했던 사고 경험이 있으신가요?

수서에서 학여울로 가다 보면 터널이 나오는데 중간에 갑자기 좌코너가 꽤 깊게 나와요. 퀵 배달 하시는 어르신이 자꾸 절 견제하면서 쏜살같이 터널로 달리시더니 결국 좌코너에서 벽에 부딪치셨죠. 전 그걸 피하려다 비접촉 사고가 났어요. 다행히 뒤에 오던 차가 안전조치를 잘해줘서 2차 추돌을 면하긴 했지만 정말 가슴 철렁한 순간이었습니다. 결국 사고를 피하려면 내가 가진 실력의 60~70%만 발휘하면서 느긋하게 타는 게 가장 중요한 것 같아요.

한국에서 오토바이를 타면서 느끼는 가장 큰 불편은 무엇인가요?

겉모습만으로 상대를 속단하고 더는 이해하려 들지 않는 모습을 볼 때마다 씁쓸해요. 제가 몇십 년 된 구닥다리 오토바이를 타지만 난 내 나름의 이유로 이것들이 좋아서 타는 거고 스스로 그걸 당당하고 자랑스럽게 생각하는데, '저 사람 저거 돈 없어서 다 썩은 바이크 타는구나' 하고 무시하는 사람들을 가끔 만나요. 판단 기준이 오로지 금전적 가치에만 매몰된 사람들의 천박함을 마주할 때마다 이 나라는 아직 멀었다는 생각을 하죠. 그런 주변의 싸늘한 시선이 두려워 다들 눈치 보며 조심조심 사는 것 같기도 하고. 그런 게 좀 답답해요.

우리나라 라이더라면 '그렇게 위험한 걸 왜 타느냐'는 이야기를 주변에서 자주 듣게 되죠. 주로 어떻게 답하시는가요?

이제는 너무 많이 듣다 보니 한 귀로 듣고 한 귀로 흘리는 편이에요. 걱정돼서 하는 소리니 고맙긴 하지만 한편으론 잔소리로 들리는 것도 사실이니까요. 그렇다고 굳이 그 사람들한테 반박한다기보다는 잘 알겠다고 조심히 말하는 편이고, 거기서 부딪쳐 봤자 저만 피곤해지니 둥글게 받아들이고 있습니다.

이륜차 고속도로 주행 금지에 대해서는 어떻게 생각하십니까?

많은 사람들이 오토바이도 이륜차도 고속도로를 탔으면 좋겠다고 하지만 전 반대해요. 왜냐하면 우리나라에서 오토바이는 아직 제도권 밖에 놓여 있고, 솔직히 그래서 타기 더 편한 게 있거든요. 만약 오토바이가 고속도로를 타고 전용도로를 타게 되면 제도권 안으로 들어가게 됩니다. 그렇게 되면 규제라든지 압박이라는 게 분명히 더 심해질 것이기 때문에 저는 그냥 지금 이대로가 좋습니다. 굳이 고속도로가 필요 없어요.(웃음)

오토바이는 오래 안전히 탈 수 있다고 생각하시나요?

사람마다 다르겠지만 저는 어느 정도 하늘의 뜻에 맡기는 편입니다. 오토바이뿐만 아니라 인생 자체가 언제 어느 곳에서 죽을지 모르는 거니까 너무 걱정만 할 것도 없고, 적당히 초탈하며 사는 게 맞는 것 같아요. 인샬라!(웃음)

오토바이 위에서 가장 행복했던 순간은 언제였습니까?

혼다 CB400SS를 가져왔던 추운 겨울이 아직도 생생히 기억나요. 얼마나 좋았는지 한겨울인데도 반모랑 얇은 장갑 끼고 수지 분당 전역을 휘젓고 다녔어요. 전에 탔던 울프보다 얼마나 잘 나가던지 스로틀 감을 때마다 황홀할 지경이었었죠. 사실 지금 정도 나이면 이제 정말 갖고 싶은 걸 가져도 한 이틀 지나면 별 감흥이 없어지는데 CB400SS만큼은 몇 달은 신나서 미쳐있습니다.(웃음)

오토바이를 타고 평소 자주 가는 코스가 있으면 소개해주세요.

용인 지방도가 차도 없고 한적해서 꿈에 나올 법한 길이 많아요. 용인시

청에서 출발해 용인대, 묵리를 지나 해솔리아CC 옆 '해솔 고기국수집'에서 국수를 한 그릇 먹고 김기덕 감독의 영화 «섬»의 촬영지였던 고삼호수로 이어지는 325번 지방도를 제일 좋아합니다. 도심과 그리 멀지 않은 곳에 펼쳐진 자연 속에서의 여유와 낭만을 즐길 수 있고, 주변 풍광을 눈에 담으며 한가로이 달리기엔 최고죠. 근처에 '알렉스 더 커피'라는 지금은 유명해져서 북적이는 까페가 있는데 평일에는 여유로우니 꼭 가보셨음 좋겠어요. 그리고 고속도로처럼 쭉 뚫린 용인 45번 국도를 타다가 안성 미리내 성지, 고삼 저수지로 빠지는 82번 국도길을 달리는 것도 추천할게요. 곧게 쭉 뻗은 차 없는 국도이고 미리내 성지 근처에서 차 한잔하고 고삼 호수를 구경하거나 인근 '고향식당'에서 닭칼국수를 먹고 나면 오늘 하루 잘 보냈다는 기분이 들죠.

추천하는 샵이나 정비사님이 있습니까?

그동안 정말 수없이 많은 곳을 다니면서 나름의 눈썰미를 길러왔는데 모든 걸 만족하는 곳은 없는 것 같아요. 저의 성향을 제대로 파악하고 요구한 사항에 대해 정확하게 대응해주는 곳이 좋다고 생각해요. 그래서 자주 찾는 곳이 의왕에 있는 '아트바이크' 창준이 형님입니다. 경험이나 감에 의존한 정비가 아닌 데이터나 자료를 근거로 정확한 진단을 위해 노력하는 곳이고, 늘 연구하는 자세로 함께 문제를 해결하려고 하는 모습이 저랑 잘 맞는 것 같아요.

애정하는 오토바이 관련 브랜드가 있습니까?

쇼트(schott)라는 가죽 재킷 브랜드가 있어요. 세계 최초로 가죽 재킷에 지퍼를 채용한 역사 깊은 브랜드인데 여름에도 이 무겁고 두꺼운 재킷을 걸쳐 입고 오토바이를 탑니다. 재킷을 입는 순간 갑옷을 하나 장착한 듯 든든한 느낌이 들어요. 재질도 튼튼하고 디자인적으로 약간 투박하면서 질적으로는 타협하지 않는, 그야말로 미제 감성의 정석이라 할 수 있죠. 헬멧은 역시 오픈 페이스의 정석이라고 할 수 있는 부코가 가장 옛날 그대로의 멋스러움을 잘 지켜오고 있다고 생각합니다.

'터널비젼'이라는 클래식바이크 동호회는 어떻게 시작하셨습니까?

예전에도 클래식바이크 관련 동호회 활동을 몇 군데서 한 적 있어요. 다만 젊고 혈기왕성하고 반항적인 에너지로 충만했던 제 눈으로 봤을 땐 오토바이 타는 사람들이 너무 점잖은 게 아닌가 싶은 답답함을 느낀 적이 많았어요. 그래서 이제는 좀 내 마음대로 나랑 기질이 맞는 사람들과 재밌게 어울리고 싶다는 생각이 들어서 친구와 함께 터널비젼이라는 이름으로 동호회를 시작하게 됐죠. 클래식오토바이를 타는 것뿐만 아니라 삶 자체도 클래식적인 요소들로 가득한 사람들이 모여 서로 즐겁게 어울리고 있어요.

앞으로는 어떻게 동호회를 운영하실 생각니까?

여러 가지 욕심이 없다고 하면 거짓말이고 카페가 지닌 기본적인 커뮤니티의 기능, 사람과 사람들이 끈끈하게 맺어지는 순기능은 기본으로 가져 가되 하나의 어떤 문화적인 코드로 연결되었으면 좋겠는 마음이 있습니다. 한정판으로 가방, 의류, 모자 등의 제품을 만들어 회원들과 함께 나누는 것도 일종의 소속감을 다지기 위한 노력이라고 생각합니다.

인터뷰를 하면서도 느꼈고, 정규님의 SNS(@tvmc_zoomaster)를 볼 때마다 생각했던 건데 매사에 늘 낙천적인 비결이 뭔가요?

전에 사진을 배웠던 배병우 선생님이라고, 소나무 찍는 세계적인 아티스트 선생님이 항상 하시던 말씀이 있는데, 항상 길바닥만 찍어가는 학생이 있었어요. 어느 날 선생님이 그 친구한테 그러는 거예요. 너 다른 거 찍으라고. 이 세상에 좋은 것들이 얼마나 많은데 왜 너는 땅만 보고 사진만 찍고 다니냐고. 좋은 걸 찍어라, 하늘을 찍어라, 높은 걸 바라보고, 좋은 데를 봐야 네 인생도 점점 그렇게 바뀐다. 그때 참 많은 영감을 받은 것 같아요. 질문에 정확히 대답이 됐을지는 모르겠지만.(웃음)

그밖에 하고 싶은 말이 있으십니까?

요새 레트로 열풍이 불면서 클래식모터사이클이 유행이 됐어요. 의류나 패션 쪽에 관심있는 분들이 오토바이를 많이들 타시던데, 제가 보기엔 다소 피상적이고 시쳇말로 후까시를 잡는 듯한 인상을 받게 되는 경우가 많아요. 그것 역시 바이크를 즐기는 하나의 방법이긴 하지만 우리처럼 전부터 오토바이를 진지하게 대해왔던 사람으로서는 단순히 라이프 스타일을 과시하기 위한 수단으로서의 오토바이를 넘어서 그것이 삶과 자연스럽게 밀착되는 간지를 내뿜었으면 좋겠다는 바람이 있죠. 보다 본질적인 의미에서 오토바이를 사랑하는 이들이 많아졌으면 합니다.

나에게 오토바이란 무엇일까요?

거추장스럽고 멋있는 말보다는 그냥 내 삶의 일부, 이제는 떼려야 뗄 수 없는 너무나도 자연스러운 제 일부라 생각합니다. 저랑 참 비슷하고 닮은 친구 같은 존재.

작년 블링 매거진 화보 촬영하던 날. 날도 추웠지만 엎친 데 덮친 격으로 비까지 내렸다.

터널비전 식구들과 휴브리스 룩북 촬영 차 모였다. 가을의 문턱에서 경기도 광주 일대를
온종일 달렸다.

역시 작년 블링 매거진 오토바이 화보 촬영 날 사진. 터널비전 형제 셋이서
이 한 컷을 건지기 위해 한남동 육교를 수십 번 왕복했다. 잊을 수 없는 추억.

박성현

경주에서 두바퀴게스트하우스를 운영한다. 겨울이면
훌쩍 국경을 벗어나 세계 어딘가를 바이크로
여행한다. 유라시아, 인도, 동남아 곳곳에 바퀴자국을
새겼고, 작년엔 세 달간 남미를 돌았다. 아프리카를
달릴 그날을 기다리고 있다.

간단한 자기소개 부탁드립니다.

박성현이고요. 나이는 우리 나이로 마흔다섯 살이고, 직업은 게스트하우스 주인장. 바이크는 BMW C1, R1200RT, 혼다 ps250, 스즈키 DR400S를 보유하고 있습니다.

처음 어쩌다 바이크를 타게 되었습니까?

원래는 바이크 타는 걸 싫어했어요. 그 위험한 걸 왜 타나 싶었죠. 그러다 사회생활하고 돈 벌고 사는 게 한창 무기력하던 때 오토바이 타고 세계 일주 하는 청년의 사연을 보게 됐어요. 나도 저걸 해야겠다는 생각을 해서 그다음부터 열심히 연습했지요.

오토바이의 무엇이 그리 좋던가요?

일단 차보다 훨씬 자유롭고 내가 원하는 곳까지, 특히 자동차로 갈 수 없는 오지까지 나를 데려다줄 수 있는 게 매력이에요. 여행을 좋아하는 저로서는 현지에서 자동차보다 바이크를 탔을 때 로컬 안으로 깊숙이 들어가는 여행이 가능해서 더욱 좋았습니다.

오토바이를 통해 찾고자 하는 즐거움은 무엇인가요?

주로 산속 임도 타는 걸 좋아합니다. 저처럼 임도 가서 비박하고 오지 캠핑 좋아하는 사람들 보면 성향 자체가 번잡스러운 걸 싫어하는 경우가 많아요. 젊어서 레플리카, 아메리칸 타던 사람들도 목적지 정해놓고 밥 먹고 커피 마시고 돌아오는 그런 패턴이 몇 년 계속되다 보면 지겨운데, 임도를 달리고 시골길 달리고 하다 보면 늘 새롭죠. 봄, 여름, 가을, 겨울 다 다르고. 날씨와 계절 따라 새로운 재미를 찾을 수 있습니다.

오토바이 위에서 가장 행복했던 순간은 언제였습니까?

볼리비아 우유니 소금사막 위를 달렸을 때가 아니었나 싶어요. 라이더라면 죽기 전에 한번 꼭 가봐야 하는 곳이라 생각합니다. 바이크를 타면서 늘 자유롭다고 느끼지만 정말 차원이 다른 자유와 행복을 느꼈어요.

아찔했던 사고의 경험이 있으신가요?

사고라는 게 선배들 이야기를 들어봐도 그렇지만, 큰 사고는 초행길보다는 아는 길에서 많이 난다고 하죠. 저도 거의 입문하던 때 시골길에서 한밤중에 PS250 타고 100km 이상으로 달리다 갑자기 튀어나온 고라니 때문에 넘어진 적 있어요. 다행히 그 후로는 도로 위에서는 큰 사고가 없었는데 그건 자동차 운전을 오래 해서 운전자들의 심리를 어느 정도 알고 있던 덕분이 아닌가 싶네요. 외국 부모들은 자녀들이 최소한 자동차를 3년 정도 몰아보지 않으면 오토바이 못 타게 한다는 말을 들은 적 있어요. 무슨 스킬이나 공부보다는 도로 상황에 대한 이해와 경험이 더 중요하지 않은가 생각해요.

한국에서 오토바이를 타며 느끼는 가장 큰 불편은 무엇입니까?

전용도로죠. 외국에 가면 이륜차이기 때문에 무료통행인 곳이 너무도 많은데 우리나라는 무료통행은커녕 차 다니는 길로 다니지 말라고 하죠. 지자체들이 우회 도로를 직선화하면서 전용도로 만든 곳이 많아요. 여기 경주에서 창원을 가는데 터널만 통과해서 지나면 10분이면 도착할 곳을 야밤에 가로등 하나도 없는 산길을 넘어가야 되는 상황이 우습죠.

세계여행 이야기를 좀 듣고 싶습니다.
제일 처음 바이크를 타고 가셨던 곳이 유라시아였지요?

그때가 마흔을 앞둔 나이였어요. 뭔가 하는 일도 조금 매너리즘에 빠졌었고 전환점 같은 게 필요한 시기였죠. 그러다 스쿠터를 타고 아프리카까지 간 친구가 있다는 걸 보고 나서 바이크 여행으로 인생의 터닝포인트를 만들고 싶어졌습니다. 구력이 길지 않았던 터라 비가 오나 눈이 오

나 연습을 많이 했어요. 일부러 더 혹독한 환경을 미리 경험해보려는 생각이었죠. 총 기간은 한 달 반 정도 걸렸던 거로 기억해요. 러시아와 핀란드만 다녀왔어요. 유라시아가 배를 타고 가기 편해서 첫 바이크 여행지로 많이 택하긴 하는데 풍경 자체는 굉장히 황량했어요. 그냥 끝없는 시베리아 벌판. 다만 러시아 사람들, 특히 라이더들이 한국인처럼 정 많고 같은 라이더들에게 호의적이고 그래서 도움을 많이 받기도 했는데, 그것 말곤 딱히 기억에 남는 게 없어요. 그래서 전에 다시 유라시아는 찾고 싶지 않다는 이야기를 했던 것 같아요. 핀란드는 그냥 북유럽의 잘사는 나라였습니다.

다음엔 라오스 – 베트남을 다녀오셨더라고요.
하고 있는 일이 주로 겨울에 시간 여유가 있다 보니 따뜻한 동남아를 주로 찾게 되었습니다. 지금이야 라오스가 유명해졌지만, 그때만 해도 한국 사람이 거의 없었어요. 굉장히 저개발된 나라라서 그냥 타임머신 타고 과거로 돌아간 느낌이랄까요? 베트남 역시 라오스만큼이나 발전이

박성현 121

더딘 북부 산악지대를 여행했어요. 그곳의 어느 유명한 유적지나 풍경 이런 게 감격스러웠다기보다는 오지의 열악한 환경 속에서도 꿋꿋이 삶을 이어가는 고산족들의 모습을 보면서 저 자신을 돌아볼 수 있었던 것 같아요. 넘치는 풍요 속에서도 끊임없이 부족해하는 우리와 너무도 다른 그들의 모습이 인상 깊었습니다.

그다음 해에는 태국-인도네시아를 가셨지요?

제가 활동하는 «이륜차를 타고 세계여행» 카페 안에서 여행 코드가 맞는 사람들을 만났어요. 총 12명이 해외 투어를 갔죠. 지금도 매년 가요. 총 일정을 한 달 잡았는데 인도네시아는 우기여서 정말 힘들었어요. 거기에 일행 중 한 명이 슬립으로 다리를 다쳐서 고초가 많았죠.

태국에 매홍손 루프(mae hong son loop)라고 서양 애들한테는 굉장히 유명한 코스가 있어요. 치앙마이에서 렌트를 해서 4박 5일, 또는 5박 6일 정도 공도를 타고 한 바퀴 도는 건데 우린 그것만으론 아쉬워서 중간중간 임도 코스를 넣고 남들 안 가는 길을 달렸어요. 다들 편하고 쉬운 여행, 나중에 얼마든지 돈만 있으면 할 수 있는 여행보다는 아직 더 젊을 때 조금 고생스럽고 구질구질해 보여도 좀 더 날것의 여행을 하자는 사람들이라 흙길로 간 거죠. 다들 같이 고생하고 뒹굴던 걸 잊지 못해서 이 여행 이후로 모임이 더욱 끈끈해졌어요.

그리고 가장 최근에 남미를 다녀오셨습니다. 제 평생의 버킷리스트를 먼저 이루셨는데요, 그때 이야기 좀 들려주세요.

3개월 동안 남미만 찍는 걸 목표로 했어요. 그래서 콜롬비아에서 바이크를 하나 샀습니다. 180만 원짜리 중국산 바이크 종센을 탔는데 듀얼퍼포즈 바이크였고 내구성도 생각보다 괜찮았어요.

남미의 랜드마크들은 대부분 인위적이지 않은 자연 그대로의 풍광인지라 저의 취향과도 잘 맞는 여행지였는데 생각만큼 디테일하게는 못 봤어요. 한 대륙을 종단하기에 3개월이 결코 넉넉한 시간이 아니었어요. 브라질도 전혀 못 가보고. 동선이 좀 꼬여서 정작 봐야 될 것들을 못 본 것도 있고. 러시아랑은 정반대로 사람들에 대한 기억은 딱히 좋지 않은데 풍경이 멋져서 저 개인적으로는 만족스러웠습니다. 우유니 사막이 가장 기억에 남아요.

그렇게 훌쩍 떠날 수 있는 용기의 비결이 궁금합니다.
어떻게 그렇게 자주 떠나시는 건가요?
각자 삶에서 추구하는 포커스가 어디 있느냐에 달린 거죠. 가고 싶다는 얘긴 누구나 다 하죠. 그런데 가지 못할 이유가 너무 많죠. 가지 못할 이유를 없애면 될 것 같아요. 저도 가지 못할 많은 이유를 가지고 있지만 그냥 가는 거죠. 떠나기 전에는 다들 걱정부터 하지만 해외여행 한두 번 좀 길게 다녀온다고 인생 끝난다거나 그렇진 않거든요. 그래서 짧게라도 베트남 같은 데 여름휴가 때 4박 5일, 이렇게 한번 다녀오고 나면 두 번째는 더 자신이 있고 세 번째는 더 쉬워지고, 그러면서 차츰 구력이 늘고 두렵지 않아져요.

한 번씩 멀리 다녀올 때마다 안에 쌓여가는 변화들이 있나요?

없어요. 여행을 많이 다녀온 사람들한테 물어보면 많이들 그럴 거예요. 전혀 변화는 없다. 어디 한 군데 더 갔다 온 것일 뿐이더군요. 주변 사람들은 제가 남미를 갔다 오고 나서 사람이 많이 바뀌었다고들 하던데, 아무래도 3개월간 혼자 여행을 했으니 전혀 새로운 곳에 떨어져서 매일매일 긴장도 하고 홀로된 시간 동안 끊임없이 자문자답하며 자기성찰도 했을 테지만 저 스스로 느끼는 드라마틱한 변화 같은 건 없어요.

대전에서 '바이킹넷'의 간판을 달고 직접 오토바이샵을 운영하셨습니다. 제가 사장님을 처음 만난 것도 친구와 함께 오토바이 여행을 하려고 사장님의 F650GS을 하루 빌렸던 게 인연이 되었구요. 실제 현업을 경험해보신 소회를 듣고 싶습니다.

유라시아를 다녀오고 나서 좀 더 라이더들과 접촉할 수 있는 일을 하고 싶어서 시작했는데 현실은 이상과 너무 달랐어요. 세계 일주를 하겠다면서도 서울에서 대전까지 오기를 귀찮아하는 라이더들이 의외로 많았고, 직접 면대 면으로 만나서 묻고 교류하고 이런 게 거의 없었어요. 난 언제나 그들을 기다렸는데 기껏해야 쪽지로 물어보고. 대면적 교류가 없다는 데서 오는 아쉬움이 있었습니다.

운영에 있어서는 거의 매달 적자였어요. 슬픈 얘기지만 그때 느낀 건 이 나라에서 양아치 짓을 하지 않으면 숍으로서 살아남기 참 어렵다는 것이었어요. 그나마 가장 수익이 많이 나는 게 보험으로 들어오는 사고차들인데, 그게 왜 그렇냐면 보험사들은 시간당 공임을 인정해줘요. 그래서 최소한 일한 만큼의 정당한 금액 청구가 가능한데 대부분 다른 소비자들은 바이크를 고치기 위해 들이는 시간과 노력을 인정하지 않고 늘 깎아달라고, 바가지 씌우는 거냐고 하니까… 그런 데 지친 거죠. 정말, 우리나라 이륜차 시장 자체가 작다 보니 문화도, 의식도 아직은 뒤처지는 구석이 있는 것 같아요. 안타깝죠.

앞으로 타보고 싶은 바이크?

혼다 신형 아프리카 트윈을 염두에 뒀었는데 건조중량이 무겁게 나와서 관뒀고, 허스크바나 엔듀로 701은 한번 타보고 싶어요. 최소한 미들급 이상에 경량 듀얼로. 그리 흔하지도 않을 것 같아서.

앞으로 가보고 싶은 곳?

아프리카에 가보고 싶어요. 중앙아프리카 위쪽으로는 내전때문에 여행 자제국으로 묶여있고 유럽 애들도 힘들어하지만, 남아공에서 렌트를 해서 주변 일대를 돌고 싶어요. 5년 이내에는 한번 꼭 가보려고요. 3개월 정도 일정으로.

나에게 바이크란?

자유로움, 그리고 내 여행의 동반자.

위: 북베트남 하롱베이 반지옥폭포 가는 길에 물소 가족을 만나 30분간 대치했다.
아래: 물소를 피해 가려던 일행 한 명은 물구덩이에 빠졌다.

위: 볼리비아 우유니소금사막 가던 길가에서 라면을 끓였다.
아래: 남베트남 붕따우 해안에서 모래에 잠긴 바이크를 꺼내려다 탈진했던 게 기억난다.

당신이 라이더라면 우유니 사막을 꼭 달려보길 천만 번 추천한다.

저공비행

북인도 라다크에서 스리나가르 가는 길. 안데스 4,300m 고갯길은 해발 5,400m를 아우르는
창라패스에 비하면 언덕길이었다.

아르헨티나 파타고니아 40번 도로(ruta40)에서
브라질에서 온 BMW 라이더들을 만났다.

이순수

학창시절 혼다 몽키를 타고 도쿄타워 언덕길을
올라 다녔다. 국내 대표 이륜차 전문지의
최장수 편집장으로 일하며 오래 탔고 많이 썼다.
지금은 야마하 코리아에서 안전교육 부문을
주로 담당하고 있다.

저공비행

간단한 자기소개 부탁드리겠습니다.

이순수입니다. 64년생이니까 이제 54세. 바이크는 열다섯 살 때부터 좋아해서 조금씩 타다가 우연히 잡지사 쪽에서 일을 하게 되면서 취미랑 일이 같아졌습니다. 1997년 월간 오토바이크에서 처음 기자 생활을 시작했고, 월간 모터바이크 창간에 참여해서 편집장까지 일을 하다가 2015년 초부터 야마하 모터사이클로 옮겨서 일하는 중입니다.

편집장 직에서 물러나신다고 했을 때 참 아쉬웠는데 야마하로 가셨군요. 야마하에서 주로 어떤 일을 하십니까?

영업과 홍보를 주로 하면서 일본 야마하 본사와의 커뮤니케이션 등 다양하게 돕고 있습니다. 작년부터는 YRA(Yamaha Riding Academy)라고 하는 라이딩 스쿨도 적극적으로 하고 있어요. 일반 라이더들이 더욱 안전하게 탔으면 하는 생각은 잡지사 있을 때부터 했기 때문에 당시에도 소규모로 공도 라이딩 스쿨을 진행했어요. 지금은 글 쓰는 대신에 바이크를 판매하는 입장이 되었지만 고객이 안전하게 오래 타 주어야 영업하는 입장에서 계속 판매도 가능하고 일반 사람들의 인식이 좋아짐은 물론 바이크가 점차 대중화되는 데 작게나마 도움이 될 거라는 생각에 작년부터 본격적으로 시작했습니다.

안전 교육이 꼭 필요하다고 생각하지만 배울 수 있는 곳이 많지 않아서 늘 아쉬웠어요. 어떤 프로그램으로 이루어지는지 자세히 설명해주시겠습니까?

YRA는 일본 야마하 본사에서 자사 고객들의 안전운전을 서포트하기 위해 자체적으로 개발한 프로그램입니다. 저는 본사 공식 인스트럭터 자격으로 교육을 진행하고 있습니다. 바이크의 구조와 움직임을 머리로 이해하고 몸으로 익혀 다치지 않고 즐겁게 타는 것을 기본 취지로 합니다. 작년부터는 인제에 있는 서킷에서 교육을 시작했는데, 공도 대비 훨씬 안전하게 통제된 환경 속에서 기울여도 보고 브레이킹도 해보고 당겨도 보면서 바이크의 움직임을 제대로 느껴보는 시간을 갖습니다. 그 전까지는 이벤트성으로 진행하다가 2016년부터 정례화되어 시행 중이에요. 1년에 총 6회를 계획 중인데 모집 광고를 내면 금세 정원이 마감되는 편이에요. 우선은 가장 기본적인 프로그램 위주로 진행 중인데 올해부터는 횟수도 늘리고, 중·고급 프로그램도 시행하고자 합니다.

편집장님께서 처음 오토바이를 타게 된 계기가 궁금합니다.
어릴 때 잠깐 일본에 살았어요. 가족들과 중·고교 시절을 일본에서 보냈는데, 그때 도쿄타워 가까이 살아서 친구들과 도쿄타워 1층에 있는 음식점과 게임센터를 자주 다녔어요. 도쿄타워가 언덕바지 올라가는 데 있어서 항상 자전거를 타고 낑낑거리며 올라가다가 어느 날은 혼다에서 나온 몽키라는 쪼그만 바이크를 타고 오르는데 얘가 군말 없이 털털털 하면서 올라가더라고요. 그 언덕길이 얼마나 힘든지 내가 잘 아는데 나를 태우고도 힘들다는 불평 없이 올라가는 게 너무나 기특했어요. 대견하고 고맙더라고요. 그때부터 바이크라는 게 단순한 기계장치 같지가

저공비행

않고 살아있는 것 같고 애정이 갔습니다. 제 시승기에 흔히 등장하는 의인화된 표현 역시 아마 그런 의식의 반영이었던 것 같아요.

편집장님의 시승기를 오래 접한 독자로서 항상 바이크를 대하는 태도가 남다르다는 인상을 받아왔습니다. 유행이나 브랜드는 크게 따지지 않은 채, 저마다 지닌 장점을 돋보이게끔 하려는 노력이 묻어나던 글들이었는데요. 방금 말씀하신 바이크가 기계 같지 않고 사람 같다는 말씀과 같은 맥락이었을까요?

물론 그런 것도 있었겠지만 저는 잡지사의 기자, 즉 독자에게 바이크를 소개하는 객관적 전달자로서 어떤 평가 기준이 있어야 된다고 생각을 해요. 제가 일반 라이더라면 바이크의 호불호를 완전히 저한테 맞췄을 거예요. 저도 사람인데 좋아하는 게 있겠지요. 다만, 기자로서 바이크를 들여다볼 때만큼은 제 취향이 되도록이면 개입해선 안 된다고 생각했어요. 이를테면 내 마음에 안 드는 차를 시승하는 일도 있잖아요. 그럴 때도 되도록이면 이 바이크의 장점을 파악하려고 노력했고 어떤 식으로 이 바이크를 타면 좋을지를 찾아보곤 했어요. '이 바이크는 이런 방식으로 한번 타보세요, 그럼 참 좋습니다.'라는 식으로 말이죠.

스스로 생각하는 좋은 오토바이의 기준은 무엇입니까?

지금껏 제가 제 돈 주고 샀던 바이크의 공통점을 보면 범용성이 큰 바이크였던 것 같아요. 저는 일반 라이더들과는 다르게 이것저것 다 타보고 나서 고를 수 있는 행운아였는데, 사용 용도가 특화된 바이크보다는 여러 장면에 다 써먹을 수 있는 차를 선택하게 되더라고요. 예산도 맞으면서 재미도 있고, AS도 원활하고 디자인도 예쁜, 또 어느 한 용도만이 아니라 다양한 활용성을 지닌 바이크를 원했는데, 그래서 남은 게 지금 가지고 있는 3대가 아닌가 싶어요.

그 까다로운 허들을 통과해낸 바이크는 어떤건가요?

BMW R1150GS, 혼다 CBR250R, 그리고 중국제 MACQUIUM이라는 스쿠터입니다. 전천후, 범용성 이런 걸 중시해도 한 대 가지고는 도저히 다 만족을 못 할 것 같아서 큼지막하게 제가 원하는 조건을 삼등분해서 대표적인 차종 3대로 골랐어요.

BMW R1150GS는 말 안 해도 아시겠지만 타기 참 편하고 샀을 당시만 해도 GS가 지금처럼 흔하지 않아서 어딜 가도 사람들의 주목을 받았어요. 이걸로 해외 투어에 레이스도 뛰었고 출퇴근에도 쓰고 별의별 것을 다 했어요. 마일리지가 10만을 넘어서 이제 여러 소모품 교환을 해야 하는데, 엔진까지 오버홀을 싹 다 하려다 보니 주차장에 세워둔 채 자꾸 미루고만 있던 참이에요.

나이 들면 취향이 변한다는 게 이제는 크고 무겁고 이런 차들은 별로 안 끌려요. 체력적으로도 그렇지만 기름도 많이 먹고 다 쓰지도 못할 출력도 버겁더라고요. 좀 저렴하면서 연비도 좋으면서 내 뜻대로 다룰 수 있는 걸 찾다가 선택한게 혼다의 CBR250R이에요. 얘는 참 좋아요. 정말 교과서적인 차고 연비가 좋아서 유지비도 덜 들고 가벼우니까 어디든 갈 수 있어요.

매키엄은 혼다 퓨전 카피 중국제 스쿠터예요. 사연도 많고 할 말도 많은 바이크인데, 2000년쯤 일본 쪽의 «motorcyclist»라는 잡지 편집부하고 특집기사를 같이 만든 적 있어요. 당시에 일본에서 제일 많이 팔린 바이크를 카테고리 별로 1등부터 5등까지를 모아서 각국의 기자들이 한 마디씩 품평하는 기획이었는데, 스쿠터 라인업에 혼다 퓨전이 있었어요. 그때가 스쿠터 붐이 일던 때라 혼다 포르자, 야마하 마제스티, 스즈키 버그만 등 쟁쟁한 차들이 많았는데 혼다 퓨전은 처음 생산된 게 1986년이에요. 태어난 지 15년 된 오래된 바이크라 쌩쌩한 현역들에 비하면 프레임도 낭창거리고 브레이크도 잘 안 듣고, 핸들링도 어딘가 옛날스러워서 요즘 차에 비하면 2% 부족한 녀석이었지만 전 그 구닥다리가 매우 맘에 들었어요. 나머지 최신형 스쿠터들이 워낙에 완벽에 가깝다 보니 '과연 잘 나가고 잘 선다는 게 전부일까?'라는 의구심을 갖게 됐던 것 같아요. 분명 여러모로 모자란 구석이 많은 어벙한 바이크였지만 그 점이 오히려 인간답게 느껴졌고, 타는 사람 입장에서도 관여할 여지가 크다는 점이 매력적이게 다가오더라고요. 그 뒤로 늘 퓨전이 마음속에 남아 있었는데, 국내 정식 발매가 안 된 차라 구할 수가 없었어요. 그러다 퇴계로에서 찾은 게 퓨전은 아니고 짝퉁인 매키엄이었죠. 잠깐 시승해보니 나쁘진 않길래 샀는데, 전 본전 뽑을 만큼 재밌게 잘 탔어요. 처음에는 아무래도 중국제니까 고장 나면 고쳐서 타다 버리자는 생각으로 탔는데 이게 퓨전이랑 정말 똑같이 카피가 돼서 부품도 전부다 호환이 되고 참 좋았어요. 벌써 10년을 탄 건데 아직도 쌩쌩한 현역인 걸 보면 오래전 중학교 때 탔던 혼다 몽키처럼 애틋한 감정을 느끼게 되네요.

오토바이의 무엇이 그리 좋던가요?

진부한 표현이지만 진리라는 게 단순하다는 것을 방패로 삼자면, 바이크를 타고 있으면 내가 살아있다는 걸 느껴요. 주로 출퇴근할 때 이런 생각이 드는데 어제와 비슷한 시간에 똑같은 길을 가지만 어느 지점을 쑥 통과할 때 불현듯 가을이 왔음을 느끼게 되는 순간이 있어요. 문득 달라진 밤공기의 감촉과 온도, 습도, 이런 걸 느낄 때 새삼 살아있다는 사실을 실감하게 되고, 그게 고맙게 느껴져요. 내가 지금 살아서 바이크를 타고 있기 때문에 이런 것도 느끼고 또 발견할 수 있구나라는 생각을 하게 됩니다.

아찔했던 사고의 경험이 있으신지요?

제가 사실은 천성적으로 겁쟁이라서 결코 무리를 안 하는 편이라 같은 구력의 라이더들에 비해서는 사고가 많지 않아요. 물론 넘어져서 쇄골도 부러져 보고, 손가락도 부러져 보고, 몇 번인가 입원도 하기도 했지만 말이죠. 사고가 날 때마다 아프게 되새기는 것은 기계는 거짓말 안 한다는 것과 도로 위에서는 믿을 사람 아무도 없다는 것이었어요. 주변 차들이 내 예상대로 움직인다는 보장이 없으니 과도하게 경계를 하자는 생각이에요. 여차하면 도망갈 준비랄까 그런 것을 게을리했을 때 사고 가 나는 것 같아요.

한국에서 오토바이를 타면서 느끼는 가장 큰 불편은 무엇인가요?
두 가지 기억에 남는 장면이 있어요. 몇 년 전에 취재차 일본의 북해도 를 다녀온 적 있어요. 바로 전날까지 그곳의 고속도로를 달렸던 게 생 생한데 다음날 한국에 오니까 분당 수서간 도로에서 경찰이 잡는 거예 요. 여기 자동차 전용이라면서. 벌금형 받고 약식재판까지 간 기억이 있 어요. 고속도로, 전용도로 이륜차 통행금지를 물론 국민의 생명을 나라 가 앞장서 보호하는 것이라고 생각할 수도 있지만 어찌 보면 그만큼 국 민이 못 미덥다는 말이기도 하죠. 참 속상하고 언짢았던 기억이에요. 또 하루는 강남의 모 호텔에 바이크를 주차하려는데 문에 계시던 직원분이 노골적으로 하대하면서 차 빼서 뒤로 가라는 소릴 들은 적 있어요. 아마 택배기사로 오해했었나 본데, 만약 오해를 했더라도 택배하시는 분들한 테 함부로 대하는 게 당연한 건 아니잖아요. 이런 걸 볼 때마다 아직 멀 었구나라는 생각을 했습니다.

그렇게 위험한 걸 왜 타느냐는 주변 이들의 만류에는
어떻게 대답하시나요?
사실 '그렇게'까지 위험하진 않거든요. 위험한 건 맞죠. 다만 다른 모든 도구가 그렇듯이 바이크 역시 어떤 목적을 안고 태어난 도구인 건데, 그 게 재미든 편리든 무엇이건 간에 도구라는 건 그걸 사용하는 법을 먼 저 알아야 하죠. 그건 사용하는 사람의 의무라고 생각하고, 결국 바이크 역시 도구이므로 사용 목적에 맞게끔 사용법을 익히면 '그렇게'까지 위

저공비행

험할 일은 없습니다. 언제나 사용하는 사람이 문제지 도구 자체가 나쁜 건 아니라고 생각해요.

우리나라 사람들의 오토바이를 향한 유별난 적개심에 대해서는 어떻게 생각하시나요? 이륜차 전문지의 편집장으로서 숱하게 그런 생각과 고민을 해오셨을 것 같습니다.

거기에 대해선 제 나름의 지론이 있는데, 사실 바이크뿐만이 아니라 우리네 일상 전반에 있어서 우리나라 사람들은 수평으로 관계 맺는 걸 잘 못 해요. 수직적 위계질서가 확실한 데서 안정감을 찾는 경향이 있어요. 고향이니, 선후배니 하는 말로 나와 남을 구분 짓고 처음 보는 사람에게 대뜸 말을 놓고 끊임없이 위아래를 확인하려 들죠. 나보다 아랫사람이 있어야만 안심을 하는 게 문제라고 생각해요. 자기가 맨 밑일 수는 없으니 나보다 어느 한 군데라도 열등한 사람이나 집단을 찾고, 없으면 기어코 만들어내죠. 도로에서 최하위는 그래서 바이크인 거고, 같은 라이더 안에서도 배기량별로 메이커별로 차등이 생기고, 그래서 결국 맨 밑바닥으로 가는 게 88, 씨티백 이런 차들이죠. 그들이 주로 배달 일에 쓰이는 건 경제적이면서 편하고 내구성이 좋다는 나름의 합당한 이유가 있는 건데 보는 사람도 타는 이들조차도 부끄럽고 열등하다고 생각하죠. 그런 사람들의 모습이 참 안타까워요. 우리나라 사람들이 유달리 바이크를 적대시한다기보다도 우리 안의 그러한 습성, 즉 약자에게 한없이 가혹하고 또 너그럽지 못한 행태가 발현된 것이 아닌가 싶습니다.

과연 오토바이는 오래 안전히 탈 수 있습니까?

저야 겁쟁이에다가 운이 좋았기 때문에 별 탈 없이 여기까지 왔지만 바이크를 타다가 다칠 수 있는 건 맞지요. 그럼에도 바이크는 매우 양호한 취미생활인 것 같아서 누구에게라도 권해주고 싶습니다. 일단 재밌잖아요.

평소 오토바이 타고 어디를 자주 찾으시나요?

전에는 주말이면 유명산 같은 데 가기도 하고 그랬는데, 요즘은 근처 동네 탐험하는 게 재밌어요. 광교라든지, 수원 이런 곳을 GPS 하나 들고 뒷골목이나 막다른 데까지 갔다가 돌아오는 거예요. 밤 12시 넘어서 새벽 1~2시에 한적한 골목길 왔다 갔다 하다가 해 뜨면 돌아오고. 따로 목적지 없이 그냥 돌아다니는 걸 좋아합니다.

추천하는 샵이나 정비사님이 따로 있습니까?

지금은 성수동 '로얄 앤필드'에서 일하는 일본인 다카하시라는 친구한테 다 맡겨요. 무엇보다도 그 친구는 바이크라는 게 살아있는 생명을 태우고 달리는 물건이라는 것을 절실하게 알고 있어요. 정비사라는 일 자체에 대한 마음가짐부터가 남다른 구석이 있고, 일에 대한 프라이드부터 정비 지식적인 측면까지도 흠잡을 데가 없어서 그 친구에게만 부탁하는 편입니다.

**실제 이륜차 업계에 종사하시며 느낀 소회를 좀 듣고 싶은데요,
야마하는 작년 한 해 좀 어땠나요?**

야마하는 지난해 많이 팔렸어요. MT-07, MT-09를 비롯한 MT 시리즈의 약진 탓도 있지만, 무엇보다 고무적인 것은 MT-03, R3 같은 엔트리 모델들이 많은 호응이 있었다는 점이죠. 125cc가 아무리 많이 팔려도 자동차 면허증만으로 타는 사람들이 많을 것이고, 사실상 250cc 이상 쿼터급부터가 이종 소형 면허 취득을 필요로 하는 탓에 보다 진지하게 바이크에 입문하려는 인구로 추산을 하는 게 맞는데, 이렇게 쿼터급으로 입문하신 분들이 늘어날수록 라이더 입장에서도 도로에서 차들과 함께 달리는 데 더욱 안전하기 때문에 바람직하고, 차츰 구력이 쌓이면서 더 높은 배기량으로 업그레이드가 이어지기 때문에 업체 입장에서도 반가워요. 300cc 바이크가 꽤 역할을 하고 있다고 봅니다.

엔화가 약세를 보임에 따라 병행수입업체들 역시 활황인데요, 소비자의 선택권이 늘어나는 것 자체는 반가운 게 사실이지만, 그렇잖아도 시장 규모가 작은 우리나라 현실에서 기존 판매망을 구축해온 딜러들의 생존에 위협이 되진 않을까 싶은 우려도 있습니다. 이들 업체에 대해서는 어떻게 보시는지요?

그러려니 합니다. 다만, 워런티나 리콜 및 여러 가지 사후관리 측면에서 공식 딜러가 분명 유리한 점이 있다는 건 소비자분들이 유념하셔야지요. 만약 야마하 코리아가 제공하는 모든 서비스를 병행업체 역시 제공한다면 가격은 결국 비슷해집니다. 업체들이 똑똑해지는 만큼 소비자들 역시 현명해질 필요가 있습니다.

추천해주실 만한 여행지가 있으신가요?

꼭 한번 가봤으면 하는 곳은 스위스입니다. 알프스 인근 동네에 호텔 하나 잡고, 거기서 한 일주일 정도 체류하면서 오늘은 알프스 여길 넘어서 이탈리아를 갔다가 내일은 저길 넘어서 독일을 가보고 하는 거죠. 걸어서는 그 길고 구불구불한 언덕을 다 돌아볼 수가 없고 차는 아무래도 움

직임이 둔하고 지붕이 닫혀있으므로 바이크라는 탈것이 가장 제 능력을 발휘하는 무대가 바로 알프스가 아닌가 싶어요. 그리고 한국의 지방도 도 추천하고 싶어요. 유럽도 몇 번 다녀왔고, 일본, 태국, 아프리카까지 다 가봤는데 한국이 결코 그들 나라에 뒤지지 않다고 느꼈어요. 너무 익숙한 탓에 큰 감흥이 없을 뿐이지 예쁘고 좋은 길이 참 많이 있어요. 물론 알프스 같은 웅장하고 장대한 경치는 없지만, 그것도 금방 익숙해지고 나면 평범해지는 건 똑같아요. 오히려 유럽을 달려보고 나니까 우리나라만의 부드러운 능선과 가을철 단풍, 깨끗이 포장된 도로와 풍경이 눈에 와 닿더라고요. 굳이 추천하라고 하면 세 자리 숫자의 국도길을 가보라고 권하고 싶어요.

앞으로 타보고 싶은 바이크?

사실 이제 별로 갖고 싶은 바이크는 없어요. 그래도 굳이 한 대 탐나는 게 있다면 할리데이비슨 XR883 100주년 기념 모델인데, 프레임이 지금의 러버 마운트가 아닌 리지드로 된 883이라면 한 대 갖고 싶어요. 여태껏 수많은 바이크를 시승하면서 주로 출퇴근길 위에서 시승기에 쓸 거리를 찾곤 했는데, 퇴근하고 집 근처까지 와서 집에 들어가기 싫었던 바이크는 딱 883이 유일했어요. 그래서 더욱 기억에 남는 바이크입니다.

나에게 오토바이란?

(오랜 고민 끝에) 바로 대답이 어려운 걸 보니, 그리 깊게 생각해 본 적은 없는 것 같아요. 그렇다고 너무 거창한 무엇은 아닌데, 어쨌든, 차보다는 한결 가벼운 마음으로 내가 가고 싶은 곳까지 나를 데려다주고, 바이크가 아니었다면 결코 없었을 새로운 경험으로 나를 이끌어주는 그런 존재가 아닐까 생각합니다.

이순수

지금도 소장하고 있는 1999년형 BMW R1150GS. 레이스부터 해외 투어까지 꽤나 진한 추억을 공유하고 있다.

저공비행

YRA(Yamaha Riding Academy) 라이딩 교관 자격 취득을 위해 야마하의 프로 강사로부터 교육을 받는 과정은 무척 즐거웠다.

취재로 시승해 보고 너무나 마음에 들어 충동구매해 버린 CF Moto 매키엄. 벌써 10년도 넘게 나의 서드카로 할약 중이다.

야마하의 세발 스쿠터 트리시티는 높은 험로 주파성 덕분에 괜히 여기저기 쏘다니고 싶어지는 신기한 녀석이다.

나의 세컨드카 혼다 CBR250ST? (웃음). 사이드 백을 장착해서
출퇴근은 물론 장거리 투어까지 얼마든지 대처 가능하다.

정이삭

오토바이를 주로 산에서 탄다. 넘어지고, 깨지고,
흙먼지를 뒤집어쓰길 즐긴다. 차로는 닿을 수 없는
산속 오지를 찾아가 혼자 조용히 쉰다. 아들과
함께 가는 모토캠핑을 가장 좋아한다.

자기소개를 부탁드립니다.

정이삭입니다. 78년생이고, 기계 제조업을 하고 있습니다.

처음 어쩌다 바이크를 타게 되셨습니까?

어릴 때 경기도 기흥 외진 데 살았어요. 한동네 고등학생이었던 형들이 한 번씩 오토바이를 태워주고 빌려주고 하다가 탔죠. 80년대에는 수입 오토바이라는 개념 자체가 없었고 전부 125cc였어요. 동네 형들 간에도 효성 MX125를 타는 전영록파와 GAMMA RG125를 타는 차가운 도시 남자들로 나누어져 있었는데, 감마가 그 당시 어린 제 눈에도 참 예뻤어요. 고1 때 주유소 아르바이트로 모은 돈으로 한국 최초의 쌍라이트 모터사이클(웃음) **효성 스즈키 TN125**를 샀는데 다들 대림 혼다의 VF를 쇼바 잔뜩 올려서 타고 다닐 때였죠. 집이 멀어서 등하교 때 타려고 샀는데 친구 놈 잠깐 빌려줬다가 사고 나서 산 지 이틀 만에 폐차했어요.

오토바이의 무엇이 그리 좋던가요?

특별히 오토바이의 어떤 점이 좋아서 탔다기보다는 어릴 때부터 주변에 오토바이가 있어서 자연스럽게 탔어요. 장난감처럼 재밌으니까요.

어떤 오토바이를 타오셨나요?

혼다 FTR233, **야마하 SR400**, 할리데이비슨의 나잇스터, 두카티 **GT1000** 등을 탔는데, 제일 기억에 남은 바이크라면 역시 **KTM 990SM**이 가장 먼저 떠오르네요. 이탈리안제 바이크가 지닌 화끈함과 BMW GS 시리즈가 지닌 편안함을 모두 갖춘 매력이 대단한 바이크였어요. 하루에 600~700km 탔는데도 재밌어서 더 타고 싶은 그런 바이크였죠. 어드벤처 장르에서 가장 유명한 **BMW R1200GS** 같은 경우

---

1 영화배우 전영록이 영화 <돌아이> 시리즈에서 효성 MX125를 타고 출연했다.

는 편하긴 정말 편한데 달리는 재미만큼은 KTM에 한참 못 미쳐요. 정말 추천하고 싶습니다. 얼마 전까지는 78년식 **BMW R100/7**을 탔어요. 구형 BMW 박서 엔진의 매력이 궁금해 일본까지 가서 데려왔는데 엔진 고동감 하나만큼은 이것 이상의 바이크가 없을 거예요. 차가 통째로 털릴 정도의 진동이 멈출 때건 달릴 때건 끊임없이 차체를 흔들어대는데 웃음을 멈출 수가 없어요. 이거 타다 요즘 바이크들 타면 정말 심심해요. 정말 재밌게 탔고 급한 사정이 생겨 팔았던 게 지금도 후회됩니다.

오토바이를 통해 찾고자 하는 즐거움은 무엇인가요?

오지 투어가 제일 재밌는 것 같아요. 차가 못 가는 곳들을 바이크는 갈 수 있으니 위성지도 보고 길 같은 거 있으면 그냥 쑤시고 들어가 보는 거죠. 도로가 끊기는 데서 조금만 더 들어가면 정말 사람 하나 없는 숲이 나오는데 거긴 정말 아무도 없고 새소리, 풀벌레 소리, 별, 달, 내가 틀어놓은 음악, 그게 다예요. 계곡 가서 옷 다 벗고 수영하고 커피 먹고 한숨 자고 너무 자유롭죠. 오롯이 혼자만의 시간을 가질 수 있고 자연과 함께하는 게 너무 좋습니다.

오토바이 위에서 가장 행복했던 순간은 언제였습니까?

아들하고 같이 캠핑 가서 밤에 둘이 얘기할 때가 제일 좋았어요. 전에 KTM 990SM 탈 때는 엄청 자주 다녔는데, 와이프랑도 길 위에서 참 많은 이야길 나누곤 했어요. 마주 보고 얘기하기엔 좀 부담스러운 주제도 같은 곳을 바라보고 바람 맞으며 얘길 하면 한결 가벼운 마음으로 터놓을 수 있게 되더라고요. 또 좋은 사람들하고 오지 깊숙한 데서 얘기를 하다 보면 생각보다 깊은 얘기를 하게 돼요. 사는 얘기, 힘들었던 얘기, 앞으로 살아갈 얘기, 도시에서는 정말 불가능한 얘기들···. 그런 시간들이 저에게 참 특별한 기억으로 남아있습니다.

아찔했던 사고의 경험이 있으신가요? 그로부터 배운 교훈을 함께 나눴으면 좋겠습니다.

오프로드에서 타다가 넘어져서 늑골 다친 적은 있지만, 도로에서는 큰 사고가 없었어요. 제가 흙길에서는 좀 난리 치면서 타더라도 길에서는 절대 오버 안 하는 편입니다. 오래 타는 게 잘 타는 거라 생각해요.

도로 위에 상존하는 사고의 가능성에 대해서는 어떤 마음가짐으로 대비하시나요?

누가 뒤에서 들이받는다든지 그런 건 불가항력이라 어쩔 수 없는 것 같아요. 이번에 갔던 북 인도 역시 길이 워낙에 험해서 가다 떨어지면 아예 시신을 못 찾는 그런 곳이었어요. 만에 하나 죽을 수도 있는 일이라면 아예 시작도 말자는 사람도 있지만 저의 경우 좋아하는 걸 하다 죽는 건 그래도 여한 없는 삶이라고 생각하기 때문에 늘 감수하고 도전하는 편이에요. 맨날 힘들게 일해서 돈 벌고 가장 노릇하면서 아무 희망도 낙도 없이 사는 것보다는 좋아하는 걸 힘껏 하는 게 더 즐거운 인생 아닐까요? 벽에 똥칠할 때까지 사는 게 삶의 전부는 아니니까요.

이 땅의 라이더라면 누구라도 '그렇게 위험한 걸 왜 타느냐'는 주변의 만류를 겪곤 합니다. 많은 사람들이 오토바이에 대해 유독 가혹한 이유가 무엇이라 생각하시나요?

일단은 사는 게 팍팍해서 그런 것 같아요. 요즘 욕 안 먹는 취미가 등산 말고 또 있나요? 그리고 다들 뭔가 새로운 도전을 안 하죠. 사실 하고는 싶은데 그걸 표현 못 하고 안으로 꾹꾹 참다가 주변에 튀는 사람 보이면 싸잡아 욕하기 바쁘죠. 제가 종종 패러글라이딩을 하러 가는데 정말 좋았겠다는 사람도 있지만 죽을 수도 있는데 그런 걸 왜 하냐는 사람도 있어요. 재밌게 사는 법을 몰라서 그렇게 더 배타적인 걸 수도 있겠다는 생각도 들어요.

과연 오토바이는 오래 안전히 탈 수 있습니까?

당연히 탈 수 있죠. 오래 잘 타는 사람들 보면 다들 상황 판단이 빠르고, 시야가 넓어요. 자기 한계를 알죠. 초보들이 꼭 무리하게 타다가 사고 나요. 레플리카 타면서도 오래 잘 타는 형들도 많아요. 그 사람들 보면 코너 속도가 점점 느려집니다. 그게 부질없다는 걸 아는 거죠.

평소 오토바이 타고 자주 가는 곳은 어디인가요?

사람 없는 곳을 찾아 발길 닿는 데로 달리는 편입니다. 딱히 어디 목적지를 정하지 않고 달리는 걸 좋아해요. 그러다 전에는 몰랐던 새로운 길이나 숲을 만나기도 하고, 그런 식으로 나만의 장소를 하나둘씩 늘려가는 걸 좋아합니다.

머플러 튜닝에 대해서는 어떻게 생각하시나요?

전에 할리 탈 때 저도 반스 앤 하인즈 숏관 머플러를 달고 다녔는데 나중엔 내 귀가 아파서 못 타겠더라고요. 똑같은 주파수가 계속 귀를 때리니 공명이 생기고 두통도 오고 그래서 이제는 자제하고 있어요. 앞으로도 필요 이상의 머플러 튜닝은 별로 하고 싶지가 않네요.

한국의 바이크 문화에 대한 생각은 어떠신가요?

파벌싸움이죠. 바이크 종류별로 파벌이 있고 서로 인정하지 않으려는 경향이 있어요. 전에 어떤 카페 투어를 따라가려는데 다른 메이커 오토바이 탄다니까 나오지 말라더군요. 그때 정말 깜짝 놀랐어요. 주변 사람들 다 말리는 오토바이를 같이 타는 처지에 뭘 또 그 안에서 너는 되고 너는 안 되고 그러는지. 다들 내 편을 만들려고 해서 그런 게 아닐까 싶어요. 모두를 껴안을 순 없으니 내 편을 만들려면 남을 배척하는 거죠. 그래서 갈수록 혼자 타는 게 좋아지는 것 같아요.

이륜차 고속도로 통행금지에 관한 생각은 어떻습니까?

사실 전 별로 필요성을 못 느껴요. 도로 말고 임도를 주로 타서 그러는지도 모르겠지만 국도가 훨씬 더 재밌지 않나요? 막상 해외에서 고속도로 타보면 재미 하나도 없고 위험하고 도로 상태 엉망이고 그래요. 어차피 취미로 탄다면 땅덩이도 좁은데 크게 집착하지 않았으면 합니다.

오토바이를 타고 가 볼 만한 여행지를 하나 추천해주세요.

작년 7월에 다녀온 북 인도 추천할게요. 정식 명칭은 레-라다크 일주인데 10박 11일 정도 다녀왔어요. 항공권 포함해서 200만 원 정도로 렌트는 하루 1,300루피니까 25,000원 정도 들었던 것 같아요. 3,000m 고지다 보니 고산병 때문에 다들 최소 한 번은 두통으로 머리가 깨져요. 그런데 신기한 게 오토바이 탈 때는 머리가 안 아파.(웃음) 달리는 동안 산소가 많이 들어가서 그런지도 모르겠지만 고산병을 안고 볼 만한 충분한 가치가 있습니다. 초현실적인 주변 산맥과 하늘, 자연을 마주하면서 제 자신이 대자연의 티끌에 지나지 않는다는 생각을 많이 했어요. 겸손해져서 올 수 있었어요. 여행 갈 때만 해도 꽤나 까칠했었는데 갔다 오니까 인생 뭐 있나 싶은 생각이 들더라고요. 많이 유순해져서 돌아왔어요.

저공비행

앞으로 가보고 싶은 곳은 어디입니까?

마지막 꿈은 세계 일주예요. 여행 다니며 길에서 만난 사람들을 주제로 인물 사진집을 만드는 게 꿈입니다. 필름 카메라로 그들과의 기억을 남기고 싶어요. 50세쯤 되면 가능하지 않을까요? 그때까진 지금처럼 일 년에 한 번 정도 해외 투어 다니려고요.

나에게 오토바이란 무엇일까요?

장난감이자 탈출구라고 생각해요. 오토바이를 안 탔으면 삶에 무슨 낙이 있었을까 싶어요. 요즘 어떤 게 행복한 삶인가를 자주 생각해요. 저희 아버지 세대만 해도 가족이 행복해야 자기도 행복하다고 느껴서 희생하고 사셨다면 저는 스스로가 행복해야 가족이 행복하다고 믿어요. 행복하지 않은데 행복한 척을 해야 하고, 그렇게 스스로를 속여 가며 살고 싶지는 않아요. 오토바이 탈 때만큼은 아빠도, 남편도, 그 무엇도 아닌 그냥 어린 시절의 나 자신으로 돌아간다는 기분이 들어서 좋습니다. 그래서 아내도 오토바이 타는 걸 허락해 주는 것 같고요. 결론적으로 제게 오토바이란 '숨구멍'이예요. 나를 숨 쉬게 해주는.

홍천에 나만 아는 캠핑 장소에선 주로 불 피우고 멍때리며 시간을 보낸다.

한 달에 한 번 모이는 '이륜차를 타고 세계여행' 카페 정모에 아들을 데려갔다.
아들과의 캠핑은 평소에 하지 못한 진솔한 얘기를 할 수 있는 소중한 시간이다.

저공비행

대부도 어섬 인근 갈대밭에서 가끔 흙먼지 레이스를 펼친다. 먼지로 뒤범벅되고 차가
뒤집어져도 웃음이 멈추질 않는다.

정이삭

북 인도 라마유루에서는 천 길 낭떠러지를 옆에 두고 달렸다.
이때만큼 스로틀을 감던 손이 긴장했던 적이 또 있었나 싶다.

정충익

자꾸 땅만 보고 걷는 게 싫어 오토바이를 탔다.
야마하 SR400을 타고 밤마다 북악산길을 달렸다.
겨울이면 아소 밀크로드로 오토바이 여행을 간다.
오토바이 잡지를 한 권 만들고 있다.

저공비행

자기소개 부탁드립니다.

정충익이고요, 나이는 서른하나입니다. 울산에서 학원 강사를 하다 지금은 잡지 «저공비행»을 만들고 있습니다. 바이크에서 내려온 지 어느덧 4년이 됐어요. 지금도 종종 전에 탔던 야마하 SR400이 꿈에 나와요. 오토바이를 내려오고 나서부터 인생이 잔뜩 재미 없어진 기분이에요. 비록 지금 오토바이는 없지만 제 나름의 방식으로 그 사랑을 이어가고 싶어 이렇게 잡지를 만들게 되었습니다.

뜬금없이 오토바이 잡지를 만들겠다고 나섰습니다.
특별한 계기가 있었습니까?

지금은 없어진 «스쿠터 앤 스타일»이라는 잡지를 재밌게 읽었던 기억이 있습니다. 거기 보면 매달 라이더들과의 짤막한 인터뷰가 실리곤 했어요. 자신의 바이크와 찍은 활짝 웃는 사진과 함께 라이더 각각의 사연을 소개하는 코너였는데 전 그게 참 재밌더라고요. 매번 인터뷰가 좀 더 길었으면 좋겠다고 생각했습니다. 오토바이라는 게 한국에서는 꽤 진입장벽이 높은 취미인데, 다들 어떤 계기로 바이크에 입문하게 됐는지가 궁금했습니다. 오토바이라는 테마를 가지고도 얼마든지 흥미로운 이야기를 할 수 있을 거라 생각했고, 잡지를 만든다는 구실로 평소 인터넷으로만 알고 지낸 라이더들을 만나보고 싶었습니다.

처음에 어쩌다 오토바이를 타게 되었습니까?

오토바이는 늘 저에게 동경의 대상이면서도 최대 금기였어요. 도로 위를 자유롭게 달리는 라이더를 부러워하면서도, 죽거나 다칠까 겁이 나 번번이 마음을 접었습니다. 그러다 언젠가 인생 참 더럽게 꼬여가던 시절에 나날이 우울하고 의기소침해지던 저를 일으켜 세우고 싶어 오토바이를 타기로 결심했어요. 주변 어느 누구도 저의 결정을 지지하지 않았지만 당시 힘들었던 제게 오토바이가 커다란 위로가 되었던 기억이 납니다.

그간 거쳐온 오토바이에 관한 소감을 간단히 들려주세요.

야마하 SR400은 제 첫 오토바이였던 탓에 더욱 애틋한 기억으로 남아 있어요. 회음부를 타고 전해져오는 399cc 단기통[1] 특유의 기분 좋은 진동과 진한 고동감이 참으로 일품이고 '빠르지 않아도 즐겁다'는 것을 라이더에게 가르쳐줘요. 클래식한 생김새와 충분한 동적 성능은 물론 제 입맛에 맞게 꾸며서 타기도 좋고, 달리는 동안의 흥겨운 정취에 이르기까지 어느 하나 모자람 없이 충분한 정통 오토바이라고 생각해요. 일본에서 35년도 넘게 사랑받는 데는 다 이유가 있는 거죠.

클래식 바이크[2]를 좋아해서 이것저것 잠깐씩 타봤는데 궁극의 클래식 바이크라는 영국제 **트라이엄프 Bonneville**은 예상과 달리 감성보다는 이성에 무게가 실린 바이크였어요. 의외로 고속주행 시 안정감이 발군이고 3기통 엔진 특유의 고동감도 매력 있어요. 달릴 때보단 주차해놓고 감상할 때 더욱 입꼬리가 올라가는 그런 바이크로 기억하고요. 다음으로는 골수 마니아들의 절대적 지지를 받는 이탈리아제 **모토구찌 V7 Racer**를 탔어요. 여러모로 Bonneville과 대조가 되던 바이크였습니다. 고속에서의 알 수 없는 불안감과 손목을 녹아나게 하던 불쾌한 진동은 클래식 바이크임을 고려하더라도 접수가 어려울 정도였어요. 라인이 참 매력적으로 잘 빠진 멋진 모터사이클인데 장거리를 달리기엔 애로사항이 있겠더라고요. 아주 오래전의 오토바이를 탄 것 같은 기분이었죠.

혼다가 내놓은 레트로 클래식 장르의 최신 바이크 **CB1100**은 4기통은 그저 빠르기만 할 뿐 감성과는 거리가 멀다는 저의 선입견을 분연히 깨부숴주었어요. 특히 5단 기어 2,800rpm에서 맹렬하게 돌아가는 엔진의 회전 질감을 느낄 수 있는데 전설로 통하는 CB750 나나한(ななは

---

1 실린더가 하나뿐인 엔진의 가장 기초적인 형태이며, 진동과 소음이 크고 배기음도 요란한 특징이 있다. 다만, 이런 진동과 끊어질 듯 말 듯 한 배기음을 매력으로 보는 사람도 많다.
2 과거의 오토바이와 같이 간소한 프레임에 단기통 혹은 2기통의 엔진, 커다란 원형 헤드라이트를 특징으로 삼는 바이크의 장르. 주로 주행의 즐거움과 느낌을 추구한다.

ㅅ)의 고동감을 재현해 보이겠다던 개발 엔지니어들의 호언장담이 실제로 구현된 듯해 더욱 감격스럽습니다. 언제든 힘차게 달릴 수 있고 편하면서 믿을 수 있고 아름답죠. 과연 '행복은 혼다를 타고 온다'는 광고 문구에 승복하지 않을 도리가 없었습니다.

오토바이의 무엇이 그리 좋던가요?

일단 재미있어요. 타는 내내 자유롭다고 느낍니다. 새로운 곳을 여행하고 사람들을 만나는 것도 좋지만 모터사이클이라는 아주 잘 만들어진 쇳덩어리를 직접 다스리는 재미가 최고예요. 늘 울타리 안에서 살아온 저에게는 사회 다수로부터 벗어나 아웃사이더가 된 듯한 일탈감 역시 짜릿했고요. 남들이 멋있다고 말해주지 않아도 스스로 멋있다고 느낍니다. 지금 생각해보면 오토바이 타던 때의 제가 가장 밝고 명랑했던 것 같아요.

오토바이를 통해 찾고자 하는 즐거움은 무엇인가요?

저의 경우 온전히 달리는 데 집중하는 동안 느껴지는 기분 좋은 몰입감인 듯합니다. 한적한 교외의 잘 닦인 도로를 무심히 달릴 때 마음은 한없이 고요해지고 머릿속에 쌓여있던 온갖 잔두통이 싹 사라져요. 내가 알지 못한 어딘가로 바이크가 나를 데려간다는 기분이 들어요.

오토바이 위에서 가장 행복했던 순간은 언제였습니까?

혼자서 멋진 곳을 돌아다니는 것도 물론 좋지만 오토바이 뒤에 친구를 태우고 함께 바람을 맞았던 기억이 시간이 지날수록 더욱 각별하게 느껴지네요. 홀로 반국일주를 하다가 부산에 있던 친구를 무작정 거제 장승포로 불러서 뒤에 태우고 같이 섬을 한 바퀴 달린 적이 있어요. 벌써 십 년이나 지났지만 아직도 그 친구를 만나면 그때 이야기를 나누며 추억에 젖어요.

**아찔했던 사고의 경험이 있으신가요? 그로부터 배운 교훈이
있다면 함께 나눴으면 좋겠습니다.**

가장 사고에 취약한 시기가 입문 뒤 6개월에서 1년쯤 되어가는 때가 아
닌가 싶어요. 이제 좀 도로 흐름이 눈에 익고 배기량에 갈증을 느끼면서
점점 더 거칠게 타게 되는 시절이죠. 어느 쌀쌀한 겨울날 망원동에서 연
세대 가는 모래내 고가에 도로 상태가 굉장히 고르지 못한 곳이 있었는
데 거기를 거침없이 달리다 넘어진 적 있어요. 다행히 착지를 잘해서 무
릎 좀 까지고 말았지만 바이크는 좀 많이 찌그러졌죠. 바이크를 타다 보
면 한두 번쯤은 넘어지는 경우가 생깁니다. 얼마나 덜 다치고 처음 사고
를 넘겼는가가 그 사람의 롱런을 결정짓는 부분이 분명 있는 것 같아요.
깔아봐야만, 넘어져 봐야만 절실히 깨닫게 되는 구석도 있기 때문이죠.
그건 정말 남이 백날 말해줘도 모르거든요. 그런 점에서 배기량은 천천
히 올리는 게 여러모로 바람직하지 않은가 생각합니다. 리터급 슈퍼바
이크를 타다 겪는 사고와 100cc 스쿠터를 타며 겪는 사고는 분명 그 충
격이 다르니까요.

한국에서 오토바이를 타면서 느끼는 가장 큰 불편은 무엇인가요?

도로 위에서 겪게 되는 갖가지 불이익이나 업신여김보다도, 주위 사람들의 일관된 혐오와 배척의 정서가 가장 불편했습니다. 어디 가서 오토바이 탄다고 하면 너나없이 죽고 싶어 환장한 놈이라거나 사회의 안녕과 질서를 위협하는 무리로 함부로 매도하는 경향이 있죠. 하나의 라이프 스타일이자 건강한 취미로서 떳떳하고 당당하게 인정받지 못한 채, 항상 무슨 죄지은 사람처럼 주변 이들의 과도한 염려와 오해를 불식시키는 데 나의 에너지를 쏟는 것이 생각보다 피곤한 일이더군요.

'그렇게 위험한 걸 왜 타느냐'는 반응에는 어떻게 대처하시나요?

위험하다는 사실 자체는 부정하지 않아요. 그 위험을 전부는 아니더라도 어느 정도는 알고 있고 사고가 났을 때 피해를 최소화하기 위해 여러 방면으로 노력하고 있으며, 그런 위험에도 불구하고 오토바이를 탈 수밖에 없는 이유에 대해 말해줍니다. 그런데도 이해하려 들지 않으려는 사람과는 어쩔 수 없이 관련 주제의 이야기 자체를 피하게 되더라고요.

도로 위에서 살아남기 위한 자신만의 안전 수칙 및 노하우가 있습니까?

일단 밤에 안 타구요. 차를 이기려 들지 않습니다. 도심에선 항상 차 한 대를 앞에 세우고 달려요.

과연 오토바이는 오래 안전히 탈 수 있다고 생각하나요?

어렵지만 가능한 일이라고 생각합니다. 실제로 오랫동안 오토바이를 타오고 있는 선배들이 있고요. 다만 고도의 자제심, 끊임없는 긴장, 배우려는 노력, 그리고 운이 필요하겠죠. 분명 바이크는 '어른의 탈것'이라는 게 저의 지론이에요.

가까운 친지나 친구가 오토바이를 타겠다면 권장하는 편인가요?

전에 저도 라이더 선배 한 분께 비슷한 질문을 던진 적 있는데 그분께서 어차피 탈 놈은 타고 안 탈 놈은 안 타니 내버려둔다다더군요. 정답이라 생각해요. 그래서 딱히 말리지도 권장하지도 않습니다.

한국의 바이크 문화에 대해 어떻게 생각하시나요?

이 나라 모든 취미활동이 사실은 그렇지만, 다분히 과시적이고 소비적인 구석이 분명 있어요. 어쨌건 외국의 라이더들과 비교했을 때 탄다는 본질보다는 껍데기에 더 많은 돈과 에너지를 쏟는다는 생각이 들 때가 많죠. 사회생활 하기 전에는 이 같은 종류의 허장성세가 우리나라 사람의 특징인가 싶었는데 막상 일하고 나니 이해 가는 대목이 있긴 하더라고요. 일단 우린 외국의 라이더에 비해 놀거나 쉴 시간이 너무도 부족해요. 그러니 이런 거라도 지르면서 스트레스를 해소하려는 게 아닐까요.

이륜차 고속도로 및 자동차전용도로 주행 금지에 대한 생각은 어떻습니까?

나라가 자국민이 못 미더워 제한하겠다는 걸 어쩌겠습니까. 종종 외국 커뮤니티에서 한국의 고속도로 탔다가 쫓겨난 이야기 들으면 얼굴이 다 화끈거려요. 지극히 정당한 권리를 제한받고 있는데 거리의 폭주족들 가리키면서 우린 아직 멀었다며 제한에 동조하는 사람들 보자면 갈 길이 멀다는 생각이 듭니다.

본인이 평소 오토바이 타고 자주 찾는 곳은 어디입니까?

북악스카이웨이를 자주 다녔어요. 5월 중순이면 부암동, 평창동 일대에 아카시아꽃이 피는데 그맘때 새벽에 오르는 북악산길은 간혹 마주치는 멧돼지의 위협을 제외하면 그야말로 꽃향기로 뒤범벅되는 무척이나 특별한 경험이에요. 청와대 앞길을 가로질러 북악 팔각정을 올랐다가 평창동 쪽 대사관저 사잇길로 내려오면 유명한 쌍다리 기사식당이 있는데, 돼지불백 하나 시켜 청양고추와 함께 쌈 싸 먹기도 했었죠. 캔커피를 하나 뽑아 들고 삼청동 한가운데에 있으면서도 의외로 조용한 정독도서관의 등나무 벤치를 찾아가 그늘에 누워 쉬곤 하던 게 그리운 일상이네요. 근처에 우드 앤 브릭이라는 빵집의 무화과 빵이 참 맛있었는데, 지금도 있을지 모르겠네요.

오토바이 여행이라면 어디까지 가 보았습니까?
추천하고 싶은 여행지 및 코스가 있을까요?

이모님께서 하와이에 살고 계신 행운으로 몇 차례 하와이 오아후 섬을 바이크 타고 여행한 적 있어요. 신혼여행지와 서핑으로 유명한 곳이지만 하루나 이틀 오토바이 타고 돌기에도 천국 같은 곳이에요. 하와이 라이더들의 성지라는 탄탈로스 드라이브(Tantalus Drive)와 리케리케 하이웨이(Likelike Highway)를 추천하고 싶네요. 탄탈로스 드라이브는 우리나라로 치면 북악스카이웨이 비슷한 곳인데 울창한 숲 속 도로 끝에 와이키키 쪽으로 환상적인 뷰를 자랑하는 전망대가 있어요. 리케리케 하이웨이는 하와이의 남부와 동부를 잇는 고속도로인데, 도로 주변 화산과 짙푸른 신록의 풍광이 정말 드라마틱합니다.

근 몇 년째 생업에 쫓겨 바이크를 못 타고 있다가 근래에 들어서 겨우 겨울에 짬을 내 일본에 오토바이 여행을 가고 있어요. 일본 대표 바이크 대여 서비스인 Rental819에서 주로 바이크를 빌리는데, 종류도 많고 관리도 잘 돼 있어서 갈 때마다 다른 바이크를 빌려 타보는 재미가 있더군요. 후쿠오카에서 바이크를 빌려서 구마모토를 지나면 일본 최고 절경이라는 아소밀크로드가 있어요. 사방이 풀과 나무로 온통 짙푸른 여름과는 달리 겨울의 밀크로드는 황량하고 쓸쓸합니다. 그래도 끝없이 펼쳐지는 주변 화산 칼데라의 장관과 영원히 이어지길 바라게 되는 환상적인 고갯길은 저의 기대를 조금도 저버리지 않더군요.

정충익   167

추천하는 샵이나 정비사님이 있습니까?

홍대 앞에 '저스트 어라이더'라는 샵을 추천하고 싶어요. 전 가격이 가장 싼 곳보다는 제값을 치르되 믿고 맡길 수 있는 곳을 선호하는데, 멋진 미소를 가진 사장님의 도움을 여러 차례 받은 기억이 납니다

애장하는 오토바이 관련 브랜드가 있으면 추천해주세요.

머리가 옆 짱구인데 SHOEI 헬멧이 좌우가 넓어 참 편하더라고요. 어패럴은 튼튼하고 이쁘고 가성비도 괜찮은 REVIT 제품을 좋아합니다.

머플러 튜닝[3]에 대해 어떻게 생각하시나요?

시끄러워도 섹시한 소리들이 더러 있긴 합니다. 그런데 이건 마니아인 저 같은 사람이나 좋게 들리는 거고, 그런 소리를 내면서 시내를 달리는 건 좀 아니라고 생각해요. 도로 위에서의 생존을 위한 나름의 자구책이라는 것은 이해가 가지만, 길가는 모르는 이의 하루를 망쳐버릴 권리는 없는 거니까요. 머플러 굉음이 일반 사람들이 바이크를 질색하는 가장 큰 이유 중 하나라 생각해요. 자제가 분명 필요한 이슈인 것 같고, 그렇게 시끄러운 방귀 뀌며 달리다 보면 결국 자기 귀가 가장 아플걸요?

앞으로 타보고 싶은 바이크가 있습니까?

여행을 워낙 좋아해서 어드벤처[4] 장르 오토바이가 저와 맞는 것 같아요. 구입에 앞서 혼다의 신형 Africa twin(CRF 1000L)을 타봤는데 생각보다 오프로드에 무게추가 실린 바이크라는 느낌을 받았어요. 전에 탔던

---

3 내연기관에서 나오는 배기 가스에 의해 발생되는 소음을 줄이기 위해 통과시키는 장치를 머플러라 한다. 이 머플러를 개조하는 행위를 머플러 튜닝이라 하며 주로 엔진 출력을 증강하기 위함이지만 언짢은 소음을 유발하는 경우도 있다.

4 도로와 임도를 가리지 않고 세상의 모든 길을 전천후 주파함을 목표로 하는 바이크 장르. 트레블이 긴 속에서 나오는 편안함, 탑/사이드백이 주는 수납공간, 다양한 특수기능, 거대한 풍채, 때에 따라 임도 주행까지 가능한 유틸리티성을 특징으로 한다.

저공비행

CB1100이 워낙에 좋은 기억으로 남아있어서 이번에 신형으로 출시된 CB1100RS를 예의주시하고 있고요. 가장 갖고 싶은 바이크는 역시 혼다의 CB1300 Super Bold'or라는 플래그쉽 투어러입니다. 출시된 지 십수 년이 지나서 올드한 느낌이 없진 않지만 무엇보다 완벽한 검증이 끝난 모델이고 슬렁슬렁 가면서도 가끔은 화끈하게 쏘는 저의 투어 스타일과도 잘 어울릴 거라는 확신이 들어요. 일본 홋카이도 샤코탄 반도까지 슈퍼볼도르를 타고 달리고 싶어요.

평소 애장하는 오토바이 관련 콘텐츠가 있다면 소개 부탁드립니다. 다카하시 츠토무의 만화 «폭음열도»를 최고로 뽑고 싶습니다. 작가 자신의 폭주족 시절을 다룬 자전적 만화이지만 대단히 복잡하고 섬세한 결을 지니고 있어요. 불량함을 과시하고픈 어린 폭주족들의 탈선과 악행처럼 자극적인 부분도 있지만, 그저 남과 조금 달라지고 싶어 폭주족이 되었던 주인공 소년의 마음속 풍경이 유독 오랜 여운을 남기더군요. 무엇보다도 청춘의 한 시절을 수도 없이 경찰차에 쫓겨본 사람만이 그릴 수 있는 리얼리티가 압권인 만화입니다.

그밖에는 주로 아마존재팬에서 일본 잡지를 사다 보고 있어요. 일본어로 된 오토바이 잡지를 읽기 위해 군대에서 일본어를 공부하기 시작했거든요. 현재 일본에서 발간 중인 거의 대부분의 바이크 잡지를 한 번씩은 사다가 읽어보았는데, «Moto navi», "Goggle", "Outrider", 이들 세 잡지가 기사 퀄리티가 아주 높아요. 특히 "Outrider"는 올해 30주년을 맞는 오토바이 여행전문잡지인데, 오토바이에 대해 다양한 접근을 시도하는 잡지라서 가장 좋아합니다. 이를테면 '여행용 오토바이란 무엇인가?'라는 질문을 가지고 유수 오토바이 잡지 편집장들이 모여 토론을 벌인 8페이지 기획기사가 특히 기억에 남아요. 다들 종이 잡지가 수명을 다하고 있고 사람들은 더 이상 긴 글을 찾지 않는다고 하지만 이렇게 훌륭한 콘텐츠가 지금도 끊임없이 만들어지고 독자들에게도 수용되는 일본의 출판시장이 참 부럽고 경외심이 들어요. 늘 감사한 마음으로 구독하고 있습니다.

끝으로 이 자리를 빌려 하고 싶은 말 있으신가요?

좀 더 안전하게 오래오래 오토바이를 탈 수 있도록 돕는 학교나 교육과정이 늘어났으면 좋겠습니다. 지금은 그저 라이더 스스로가 몸으로 깨우쳐가며 도로 위에서의 살아남아야만 하는 상황이기 때문이죠. 대림 라이딩 스쿨이 있긴 하지만 그것만으로는 많이 부족하고요. 책이나 유튜브를 통해 보고 듣는 것도 좋지만, 구력 있는 라이더와 함께 달리며 직접 몸으로 배우는 게 가장 많은 깨우침을 주더라고요. 전에 《모터바이크》의 이순수 편집장님께서 주최하셨던 '공도 라이딩 스쿨'이 다시 열렸으면 좋겠고, 이륜차 안전교육과정이 더 다양해지길 바랍니다.

나에게 오토바이란 무엇입니까?

버티고 살아야 할 이유인 것 같아요. 아직 오토바이를 타고 달리고 싶은 곳이 너무 많이 남아있고, 그게 참 다행인 것 같습니다. 갈 수 있는 가장 먼 데까지 가보고 싶어요.

리케리케 하이웨이(Likelike Highway)를 지나면 나오는 호오말루히아 식물원(Ho'omaluhia Botanical Garden)은 내가 하와이에서 제일 좋아하는 장소다.

리케리케 하이웨이(Likelike Hwy)와 탄탈로스 드라이브(Tantalus Drive)

작년 12월에 둘 다 실업자가 된 기념으로 친구와 아소산을 다녀왔다.

오랜 로망이었던 아프리카 트윈을 렌트했는데, 타는 내내 CB1100을 그리워했다.

몸이 퍼지도록 달린 뒤 후루룩 마시듯 먹어 치운 로슨 편의점 나폴리탄 스파게티의 맛이 기억에 남아있다.

저공비행

오후 4시 무렵 잠시 열린 하늘 덕분에 기억 속 밀크로드를 다시 마주할 수 있었다.

정충익   175

여행을 하기 위해 오토바이를 탄다기보다는
오토바이가 있어 더 많은 곳을 여행하게 되는 것 같다.

정세연

어릴 때 동네형이 물려준 대림 88로 오토바이를
시작했다. 《열화전차》에서 유덕화가 탔던 혼다 NSR을
거쳤고, 두카티 1098을 타고 유명산 고갯길을
넘나들었다. 지금은 혼다 CB1100EX를 탄다.

저공비행

간단한 자기소개를 부탁드리겠습니다.

서울 양천구 목동에 거주하는 정세연입니다. 나이는 40살이고, 개인사업 하고 있습니다.

처음 어쩌다 오토바이를 타게 되셨습니까?

옛날 목동 동네 논밭에서 형들하고 놀다 보니 타게 됐습니다. 그때 잘나가던 형들은 대림 VF125 드림을 쇼바 한참 올려서 타고 다녔고, 전 형들 근처에서 배달용 오토바이 88을 타고 따라다녔어요. 정식으로는 96년 고등학교 졸업하면서 **효성 엑시브(EXIV)** 박스를 깠죠. 출시가격이 197만 원이었나 그랬던 것 같아요.

이후로는 어떤 오토바이를 타오셨나요?

대학교 가서 이제 돈 더 벌어서 **혼다 CB400SF**를 탔어요. 처음 탄 외산 바이크라 감회가 남달랐는데 부드럽고 잘 나갔지만 생각보다 무거웠다는 기억이 나요. 그리고 군대 가기 전이었나, 동네 센터를 어슬렁거리다가 영화 «열화전차»에서 유덕화가 타던 **혼다 NSR**을 봤어요. '이건 좀 멋있어 보이는데?' 싶어 물어보니 얘는 기름 넣을 때 엔진오일을 같이 넣어줘야 한다더라고요. 지금은 사라진 2T였는데 재밌었어요. 가볍고, 빠르고, 냄새도 고약하고, 시끄럽고. 군대를 다녀와서는 90년대 말에 다시 복학하는데 김건모였는지 누군지가 아프릴리아 하바나라는 하늘색 스쿠터를 타고 TV 나오는 바람에 스쿠터 붐이 생겼어요. 여전히 4기통이나 R차는 전부 날라리 이미지였지만 스쿠터는 패셔너더, 문화의 선두주자, 뭐 이런 느낌? 그땐 참 너도나도 다 타고 여자애들도 많이 타고 좋았던 시절이었죠. 그래서 저도 **혼다 벤리**를 탔어요. 벤리 타고 홍대 나가면 난리났죠. 그러다가 싸이월드에 클럽 포데로사라고 클래식 바이크 동호회 활동을 하면서 보업, 엔진스왑 같은 삽질에 눈뜨기 시작했는데, 그때만 해도 샵에 바이크 끌고 가서 엔진 뚝딱거리는 사람들이 지금보다 많앉죠. 왜 그랬냐면 요즘 100cc, 125cc만 해도 일상주행에 필요충분한 파워는 다들 나오는데 그때는 엔진 자체가 대부분 50cc, 90cc여서 잘 안 나가고, 특히 다리 건널 때는 차들이 날 죽이려고 하니까 튜닝들을 많이 했어요. 물론 지금처럼 환경검사 그런 게 없기도 했었지만 그런 실질적 필요에 의해서 많이들 삽질을 한 거죠.

**세연님의 검은색 혼다 드림이었나요? 미니모토레이스 용으로
잔뜩 튜닝했던 그 바이크를 보고 아연실색한 기억이
있습니다.(웃음) 어쩌다 그 정도로까지 튜닝하셨던 거죠?**

제가 인생에서 열심히 해서 끝장을 보겠다 했던 게 딱 두 개 있었는데 **두카티 몬스터**하고 **혼다 드림**입니다. 정말 돈도 들으면 깜짝 놀랄 만큼 많이 썼고 프런트 포크 같은 건 80년대 레이싱 바이크에서 빼 와서 이식했어요. 타케가와 엔진 보업 키트부터 엔진도 레이스 직전에 올바라시 하고 온갖 거 다 했는데 지금 가장 아쉬운 건 당시 저의 내공과 지식이 그런 고급 장비들 수준에 미치지 못했다는 거예요. 세팅을 제대로 못해서 레이스를 망쳤어요. 그들이 가진 포텐셜을 제대로 살리질 못한 거죠. 그래도 그날 경기 때 시작이 엄청 늦었는데 살면서 레이스를 몇 번 해본 적 없지만 가장 많이 제쳤던 기억이 나요. 지금이라면 훨씬 더 재밌게 잘 탈 수 있었을 텐데 하는 아쉬움이 있죠.

두카티의 바이크를 타기 시작한 계기가 있나요?

두카티는 요즘 많이 유명한 '까진 남자' 신동헌 기자 때문에 탔어요. 군대 있을 때 월간 《모터바이크》를 읽는데 이건 시승기가 아니라 무슨 한 편의 시를 써놨더군요. 아, 이거 내가 한번 꼭 타봐야겠다 싶어서 샀는데 그때는 공식 임포터가 없어서 국내 두카티는 죄다 그레이였어요. 정식 모델명은 **몬스터996/s4r**이었는데, 한창 클래식 스쿠터를 타다가 간만에 준리터급 네이키드를 탔으니 미친 황소 같은 토크에 우우우우우 하

면서 스로틀 윌리가 되던 걸 보고 감탄했던 게 생각이 납니다. 몬스터에 장착된 테스타스트렛따(Testastretta) 엔진이 당시만 해도 최고로 반응성 좋고 마력도 짱짱하고 고동감도 확실하고 여튼 정말 좋은 엔진이었고 출력이 100마력 남짓 나왔는데 스윙암은 공랭몬스터 70마력 때 쓰던 그대로라 급가속하면 막 출렁거려서 혼쭐이 나곤 했어요. 이건 아니다 싶어서 이것저것 만지기 시작하면서 서스펜션, 휠을 시작으로 튜닝을 계속하게 됩니다.

두카티 슈퍼 스포츠 레플리카의 상징인 1098을 타보신 소감은 어떠셨나요?

아나콘다 홍뱀이라 불리던 두카티 과천점 사장님이 너같이 피가 들끓는 인간은 한번 타봐야 한다고 해서 탄 건데 좋긴 좋더라고요. 좋긴 좋은데 너무 좋으니까 오히려 좀 심심했어요.

홍 사장님 있을 때 슈퍼 스포츠 계열로는 이거저거 신기한 것들 많이 타봤어요. 그중 정말 진짜 모든 게 압도적이라고 느꼈던 바이크는 916 세나라고 에어필터, 퓨즈 박스까지 그야말로 차체의 모든 파츠가 드라이카본으로 된 장인정신은 물론, 역대 L형 엔진을 통틀어서도 916엔진이 최고가 아니었을까 싶어요. 물론 이후 등장한 996이 훨씬 더 많이 팔리긴 했지만 996 엔진이 타는 내내 망치로 계속 때리는 느낌이라면, 916은 혼다 엔진처럼 정말 실키하면서 거칠 때는 또 거친 구석도 있어서 다루기 편하면서도 표정이 참 다양했어요. 반면 996은 처음부터 끝까지 터프해서 화끈하고, 잘 나가고, 볼트도 잘 풀리고.(웃음)

전에 보니 스트리트파이터, MH900E 사진도 있던데 그것들은 타보니 어떻던가요?

두카티 스트리트파이터. 퍼포먼스, 유틸리티, 어느 하나 부족한 게 하나도 없는 바이크이지만 디자인이 제 취향이 아니라 일부러 타진 않았어요. MH900E은 성능이 그냥 그랬어요. 다만 '레트로 클래식'이라는 지금의 전 세계적인 유행을 창시한 시조새 격인 모델이라는 의미는 있었죠. 사실 두카티에서 클래식 라인업은 메이커 내에서 성능적으로 가장 뒤처지는 바이크였어요. 스타일링에 치중하느라 밸런스가 틀어진 게 대부분인데, GT1000 같은 경우는 스로틀만 감으면 틸리는 특징이 있어서 멀리 투어 가는 게 참으로 무서웠던 기억이 나네요.

그러다 두카티라는 브랜드에서 내려오셨잖아요. 한때는 정말 누구보다도 열렬히 좋아하셨는데 말이죠. 어떤 계기가 있었나요?

신형 멀티스트라다까지는 참 좋아했어요. 디자인도 좋은데 성능 자체도 너무 화끈해서, 구형 멀티스트라다가 그랬듯이 '너 그렇게 안 생겼는데 저것도 가능하구나?' 라는 콘셉트를 훌륭히 지켜낸 게 좋았죠. 다만 지금의 두카티는 브랜드 성격 자체가 많이 바뀐게 아쉬워요. 1098R이 처음 나온 2008년쯤 두카티 소유주가 바뀌면서 심볼도 하얀 선 하나 그어진 빨간 원에서 방패 모양으로 바뀌게 됐는데 그들이 본격적으로 덩치를 키우기 시작하면서 점점 대중 친화적인 바이크 브랜드가 되어간다는 느낌을 받았어요. 포르쉐도 SUV 팔아서 스포츠카 만드는 것처럼 기업 마인드로 보면 어쩔 수 없는 선택인 건 알아요. 하지만, 옛날 구시대 두카티, 이를테면 916, 996 이런 걸 타보면 이거는 진짜 좋은 바이크지만 아무나 타서 좋은 바이크는 절대 아니었죠. 도전해서 내가 길들이고 또 정복해야 하는, RPG 게임 레벨업해서 타는 듯한 재미가 있었지만, 이제는 기술이 그만큼 좋아진 탓도 있고 너무 쉽고 빠르기만 해요. 분명 더 좋아졌지만 중요한 게 빠진 기분? 두카티에서 새로 나온 크루져인 디아벨만 봐도 그래요. 디아벨 타보면 정말 좋아요. 생긴 것도 깡패 같고, 잘 눕고, 잘 돌고 엄청 잘 나가는데, 막상 타보면 너무 쉬워서 좀 허탈해. 분위기로만 따지자면 머슬크루져 장르의 상징과도 같은 야마하의 브이맥스와 같은 느낌이 들어요. 근데 브이맥스가 한 10배 어려워. 그렇기 때

문에 우리가 브이맥스에 도전해보고 싶은 거고 맥스를 탄다는 것만으로 자신이 숙련된 라이더임을 증명할 수 있었는데, 디아벨은 그냥 무섭게 생겼지만 알고 보면 하염없이 편한 녀석이더군요. 바이크가 전반적으로 초심자도 쉽게 탈 수 있고 더 친절하고 안전해져 가는 추세 자체에는 반대하고 싶진 않아요. 다만 올드팬으로서 한때 참 좋아했던 두카티의 어떤 감성적인 부분이 이제는 흐려졌다고 느꼈고, 그게 전 아쉽다는 거죠. 오래전에 스즈키의 유냉 R1100 탔던 거친 아저씨들이 요즘 R차도 R차냐며 혀를 끌끌 차는 것처럼(웃음) 그냥 꼰대형의 투덜거림 정도로 들어주면 좋겠습니다.

두카티에서 내려온 뒤 한동안 바이크를 쉬다가 최근에 다시
복귀를 하셨습니다. 재미없고 지루한 모범생에 지나지 않는다고
한때 혹평하셨던 혼다의 CB1100을 선택하신 게 의외였어요.
나이가 드니까 전에는 바이크 타는 것 자체가 삶의 방식이었다면 이제는 그냥 옵션이랄까? 타기 위해서 산다기보다도 가끔가다 타면 재밌는 것 정도가 됐어요. 어릴 땐 왜 그리 집착했는지 모르겠어. 어쨌든, 몇 년 전부터 눈에 보이던 **혼다 CB1100**이 궁금해 타게 됐어요. 요즘 바이크들 답지 않게 마일드하고 실키한 옛 정취가 물씬한 바이크에요. 확실히 하나 칭찬하고 싶은 건 요즘 클래식 레트로 바이크들이 가야 할 모범답안과도 같은 차라는 거죠. 70~80년대 감성을 내세우면서도 차체의 밸런스 및 설계 같은 건 지극히 현대적이어서, 드라이웨이트가 하이퍼네이키드 전 클래스를 통틀어 제일 무거운데도 막상 타보면 전혀 무겁다는 생각이 안 들어요. 무게중심 자체가 워낙에 낮고 또 안정적이라 시내에서 쿼터급 못지않게 탈 수 있어요. 다만 서스펜션이 너무 옛날 타입이라 반응이 늦어서 내 기준에는 좀 아쉬운데, 이것도 과거의 주행감을 살리기 위해서였다고 생각을 해요. 사실 타이어 사이즈가 앞 110에 뒤 140이면 요즘 125cc들이 그 스펙을 쓰는데 많이 부족한 편이죠. 그래서 이번에 발표된 신형 **CB1100RS**는 앞 120, 뒤 180으로 훨씬 커졌고, 서스나 브레이크도 확실히 지금 기준에 부합하는 쪽으로 변경이 됐어요.

요즘 레트로 클래식이 유행이라 외관만 대충 레트로 콘셉트로 가져다가 번데기 시트 없고 탱크 좀 두드리고 스포크 휠 달아서 클래식이라

고들 파는데, 진정한 레트로 클래식이라면 CB1100처럼 뚜렷한 옛날의 감성을 장착하면서도 퍼포먼스적으로도 타협이 없는 차가 아닌가라고 생각을 해요. 오너들 중에서도 이 차가 참 심심하고 재미도 없다는 사람이 더러 있지만 바이크를 깊숙이 알면 알수록 참 잘 만든 오토바이라는 데 공감하게 되는 그런 오토바이라고 생각합니다.

아찔했던 사고의 경험과 그때 배운 교훈을 공유해주시겠습니까?
솔직히 저는 운이 좋은 편이었다고 생각해요. 주변에 크게 다친 사람들 보면, 특히 두카티의 경우 계속 얘기하지만 구형은 타기가 참 힘들어요. 본인 실력에 맞는 바이크를 타야 해요. 자기 수준에 맞는 바이크를 타면서 까불지만 않아도 다칠 확률은 많이 떨어지죠. 그렇다고 풀장비를 다 하고, 신호 칼같이 지킨다고 해서 절대 안 다치느냐면 또 그건 아니고. 분명 위험한 건 맞으니까 알아서 조심하는 게 옳습니다.

한국에서 오토바이를 타며 느끼는 가장 큰 불편은 무엇인가요?
라이더들은 주로 전용도로, 고속도로 통행을 많이 요구합니다. 몇 년 만에 복귀해서 금지 풀린 노들길 다녀보니까 편하긴 하더라고요. 저도 같은 맥락에서 필요하다고 생각은 합니다만, 우리나라 라이더들이 아무래도 소수이고, 또 사회적으로 냉대, 배척받는 데 익숙하다 보니 과한 피해의식 혹은 자격지심에 사로잡혀 있는 걸 종종 보게 되는데 그러지 않았으면 좋겠어요. 차 타는 사람들 적대시하고, 대결 구도를 만들어서 온라인에서 싸우고, 그게 다 라이더라는 정체성에 과잉되게 몰입해서 생기는 현상이라고 생각을 합니다. 전부터 해온 얘기지만 바이크가 애초에 환영받는 취미가 아니다 보니 바이크 타는 사람들 대다수가 고집이 세고 반항적인 에너지가 있죠. 투사라도 되는 양 자신들의 선택을 과하게 비호하고 사회에 저항하려 들고, 그러는 게 좋아 보이지는 않아요. 이동수단이자 가벼운 놀거리에 지나지 않는 것과 자신을 동일시하고, 과도

저공비행

하게 의미부여 하고 이런 게 전 싫습니다. 모두에게 인정받아야 할 필요가 있을까요? 그냥 타면 타는 거고, 아니면 아닌 거고, 누가 싫어하면 그냥 그런가 보다 하는 거고, 그랬으면 좋겠어요.

바이크를 향한 일반 사람들의 배타적인 인식 자체가 변할까요?

사실 저 어릴 때랑 비교하면 우리나라에서 바이크에 대한 인식은 이제 미토콘드리아 레벨 정도로 나아지긴 했는데 여전히 오토바이 타면 저거 후레자식인 건 마찬가지고, 자기가 경험해보지 않는 분야를 향해 형성된 부정적인 이미지는 절대 쉽게 개선이 안 되죠. 재밌는 건 도시보다 시골 이런 데가 오히려 의아할 정도로 오토바이에 대해 호의적인 경우가 많은데 거긴 그만큼 생활과 밀착된 탓이겠죠. 학교는 가야 되는데 버스는 없고 자전거로는 너무 멀어서 결국 부모님이 바이크 타고 학교 갔다 오라고 하시죠. 선생님도 그런 사정을 다 이해해 주시고요. 그런 것처럼 더 많은 사람들이 일상 속에서 직접 타보면서 바이크에 가지고 있는 선입견이 바뀌게 되면 좋을 텐데 아마 쉽지는 않겠죠?(웃음)

나에게 오토바이란?

딱히 깊게 생각해 본 적이 없네요. 꼭 그렇게 심각하게 묻고 따져야 할 대상도 아닌 것 같고, 그냥 있으니까 재밌어서 타는 거죠 뭘.(웃음)

저공비행

▷ 추천 라이더스 루트

북악스카이웨이 (총 9.3km, 약 20분)
청와대 앞길 — 북악 팔각정 공원 — 성북 초등학교

승호대 (총 28.57km, 약 32분)
배후령 — 청평사 — 하우고개 — 승호대 — 부귀리마을

양평 88번, 342번 지방도로 (총 31.12km, 약 40분)
양수리 두물머리 — 팔당대교 남단 — 광동교 — 팔당 전망대

운문댐 (총 49.98km, 약 53분)
밀양댐 — 석남사 — 운문댐

섬진강 861번 지방도로 (총 95.11km, 약 2시간)
망덕포구 — 섬진마을 — 뱀사골 계곡 — 실상사

제주도 1139번 지방도로 (총 28.65km, 약 50분)
제주공항 — 1100고지 휴게소 — 서귀포 자연휴양림

몰운대 (총 19.16km, 약 24분)
화암동굴 — 몰운대 — 증산

구룡령 (총 43.07km, 약 59분)
구룡령 — 칡소폭포 — 운두령

저공비행

밀양댐 (총 64.44km, 약 1시간 30분)
경남 양산 배내골 ― 밀양 얼음골 ― 밀양댐

지안치 (총 35.27km, 약 45분)
지리산 심원마을 ― 지안치

노루재 (총 71.40km, 약 1시간 20분)
영춘 ― 마구령 ― 봉화 ― 노루재

울진 5번, 36번 국도 (총 134.91km, 약 2시간)
제천 휴게소 ― 영주 ― 불영사

동강 42번 국도 (총 26.48km, 약 32분)
평창 ― 미탄면 ― 정선

서해 대호방조제 (총 45.32km, 약 1시간)
서해대교 ― 석문방조제 ― 대호방조제

통영 산양 일주도로 (총 35.40km, 약 56분)
바다휴게소 ― 흑용호선착장 ― 원항마을 ― 달아공원

속초 7번 국도 (총 38.24km, 약 55분)
영양호 ― 화진포

저공비행
오토바이라이더인터뷰

초판 1쇄 발행
2017년 6월 1일 발행

지은이   정충익
발행인   김정웅
기획 및 편집   정충익
디자인   이노을, 최정미
일러스트   허인회
도움   이성태, 이원규, 장재혁, 나윤석, 하승하,
              이정규, 박성현, 이순수, 정이삭, 정세연

발행처   포스트락
출판등록   제2017-000052호
주소   (07299) 서울 영등포구 경인로 775 에이스하이테크시티 1동 803-28호
문의 및 투고   helikon@hanmail.net
인쇄   천일문화사

값   14,000원
ISBN   979-11-960916-1-3   03810

© 정충익, 2017